第九隻羊剛剛離開

西雍——著

心靈旅者

——西雍詩集《第九隻羊剛剛離開》推薦序

白靈

詩是心旅行的一種方式，出入夢與現實之間，閃身於暗與明之際，擦亮在顯與不顯的邊界，一種看似確然又不那麼確然的呈現形式。每個人在年少對世界還懵懂認識時最易處於這種情境，也是最接近成為準詩人的狀態。

這本書的作者西雍在很年輕時應該就清楚認識自己，或者說不經意就抓住了自身的這種狀態，而決意成為詩人的吧？「那時的靈魂纖細成搖擺風箏的線／線柄纏著你／放棄如此困難」，他應該是先成為詩人才成為神父的。

而他成為詩人的天命也許比成為神父更為確定，種子下得更早，根紮得更深，但詩也應該使得他對神父這個天職認識更深刻吧？當他說「宣誓是換個角度定義生活」、「從此沉寂／從此簡約／從此無為」，想要從世俗價值中拔身而出、堅定一輩子，那比當一個詩人需要更有力的後盾，我無法猜測那樣的後盾是什麼？但更像要獲取另一種非世俗的自由感，只能說像詩人要不斷重新定義語言、使之歸零再自由生長一般。而當他說「以接近天空的色彩飛翔／靈魂可以隨時溜入天堂／不再隔著霧霾呼吸，數著念珠／冥想擺脫重力的晨光」，那就如同詩人神遊太虛般、感受想像的遨翔；當他說「世界模糊了／自己才會溼潤／每一個基督徒裡面，都住著／／耶穌，他們都是神」、「祈禱是將自己放入造物主巡視萬物的斗篷／抵達丈量萬物的馭座／你還要求自己該是什麼？」，他又謙卑如微物，沾在造物主的衣角看待萬物，做為一個詩人神父，他認知神的方式很與眾不同。

但比起作為神與人交通者的神父這個職稱，一個不斷要與自然、社會互動的詩人西雍，是更接近人間和有血有肉的身體的，因為詩人「被特許以詩氾濫情感」、可以「突破各種限閾／獲取人類共感／確切與模糊間，跌宕／『道成血肉』的驚天秘碼」，這是他對詩之天賦的看重，也是他對詩之奧秘的深刻理解，詩是宇宙之花，神妙地連結了造化之道，顯現在人的身上成為藝術符碼並非偶然，西雍感受到那有如「道成肉身」，根本是聯通了宇宙（神／造物主）與詩人，是道在肉身上呈顯出祂的花朵。

而也因成了神父，這位詩人又與一般詩人有所不同，經常朝「向生」晚「向死」，往往「祝福了新婚夫婦」，換條街就得「參與送葬隊伍」，因此更能體認生命的無常。也因「身為司祭」而「承擔了太多秘密／每個人都是一個令人驚顫的宇宙入口／最神聖的人，和那些徘徊在／地獄門口的靈魂，都聲稱聽到了／敲擊天堂的哀歌」，這是作為神與人交通者的神父的他的「幸運」，也是不得不經常面對和承擔的職責。「每個人都是一個令人驚顫的宇宙入口」，他說的是在面對眾多人間飄盪的靈魂對他的「交心」，卻成了他心裡的承擔與煎熬，詩這時反而當了他的出口，才感受到「每一個文字都有色彩／每一個標點都有溫度」、「造物主在語言的後花園散步」、「即便一個逗號／也在耶穌眼裡流光溢彩」、「我心很小／有了耶穌便是天下」，他在「天空的雁群」般的文字中體認了造物主的神工，而且他要在詩中「成為最好的裁縫師／不覬覦皇帝盛宴／不做金幣的朋友／狠心剪裁／活出神的模樣」，此時幾乎把寫詩當作一樁神職在做，因此他如何再能如同一般詩人只是在愛恨情仇中純粹寫詩而已？

當然，在詩人與神父間架起的鋼索間走動、擺盪，他不可能沒有猶疑、痛苦和掙扎，「寫詩時，我憎惡詩歌」看似矛盾，卻「像產婦痛恨當初認識男人／三天後／又被帥哥迷住了」，因為可以「墮入每一個片刻挖掘的／深坑……／夢境在裁剪詩歌」，詩成了完美的祈禱詞，拯救了他。當他說「承受詩句的折磨／體會生產／死亡般的疼痛！」、「刪減文字的快感／是輪迴生死的一劑良藥」，他說的是寫詩增刪文字如同加減生命的感受，「文字是人類給自己樹立的墓園／一面埋葬著自己／一面瘋長各種植物」，寫詩如同面對生死大關，因此「往往是不起眼的小詞捅破天機／作為懲罰，將我大卸八塊／重新嵌入文字／耶穌，越來越高大」，詩這時像是他的懺悔詞，他在其間痛苦掙扎：「放過我吧！耶穌／你身居榮耀／為何如此將我苦逼看牢／我只想帶上軀體隨處飄搖」，他幾乎求饒想重新成為凡人就好，由這裡我們看到了一位有血有肉、勇於向內面對自身和其天命天職時產生的波瀾和漣漪，而且最終「痛苦地」以詩語將其記錄下來。

也許與職務派遣有關，他成詩的時刻若不在旅次上就在修道院、神學院裡，地點有時在高原在昆明在北京在四川在吉林在西藏，非極南就極北，非東即西，他的詩不只是文字，也是他的腳程、他的眼光和隨時把心如何安放的方式。他知道這已是「一個以編造諧音字為榮的時代／人們努力使自己過成碎片／而手機則意味深長地把地鐵每一角落／割裂成數不清的空間／一人一世界／一部手機獨攬整個世界」，人們再不擅於抬頭看天、赤腳踩地，因為「所有的風景壓扁在手機裡」，在無神論當道的大地上到處是「沒有教堂的城市」，那城市「是任由靈魂漂泊的島嶼」，人們遠離大自然其實就遠離了自己，再也不知「天地神人」四者是主客互為一體的，他立在廣袤天地間、站在高原上時更體會了人與神的貼近和親密：

水做成的精靈在西北大地上曼舞
就連暮春之霾都如此詩意
喝著春茶的南方
暖氣片上晒詩的北方
不成詩人都難

〈不做詩人時〉

舒適的靈魂，親近
天主用心經營的這一切
多少隻蝴蝶曾經

為這幾片茶葉翩翩起舞？
順著風的方向，信手一抓
就是宇宙密碼

〈風的方向〉

太陽在布道
所有的雲都是信使，遣使他方
移動中的人體、建築和樹梢用陰影轉譯
光陰的玄奧

〈光影〉

天地有大美而不言，暖氣片上何能「晒詩」？「順著風的方向，信手一抓／就是宇宙密碼」，抓到的是什麼？而陰影又如何「轉譯光陰的玄奧」？詩人神父用啞謎樣的優美詞彙逗引著讀者，這時詩反而成了他向世人軟性的呼喚詞，拉住世人睜眼望進不可知的玄奧世界，那裡頭一定有些什麼。西雍神父的天職與他詩人的天命似乎已等同了起來。

「如果真的能讓世界開闊起來／詩人會即刻歸去」，天使與魔鬼應該也是。暫時「世界開闊起來」的時刻還不那麼快到來，即使「第九隻羊剛剛離開」，無法歸去的西雍，其「心靈旅者」之詩如何能不繼續下去？「晨禱時／像農夫迷失在種子裡面」，他的種子會在人們枯槁的心土上深深播種。而作為華文教會史上首部個人當代天主教詩集，此書之出版重要性不言可喻，因此略引數語，樂為之推薦。

#【目次】

有「*」標誌之詩收錄於《厄法達——當代天主教漢語詩選》（任安道主編，臺北：秀威資訊科技股份有限公司，2017年12月）。

旅行者

從大山走出的精靈
單薄的行囊承滿一年的祭品
當他在崇山峻嶺間旅行時
殘陽為世界鍍上金色
司祭收受一年驚懼
隨風飄散的輓歌
麥子遺忘自己來自哪裡
才會成熟
大山記得麥子
平原記得麥子
哭泣的旅行者渴望變成麥子
忠誠與狡黠，不相上下的
砝碼

2010年10月，於成都。

九月的旅程

又是九月
船票訂好了
不是我訂的
我知道預期的終點
媽媽說希望票過期，船停泊
媽媽的孩子到哪兒都走不遠
妳不能偏心呀，另一個孩子
不是將他的血傾入大地嗎
我們都是大地的孩子
遺囑已經寫好
藏在只有媽媽才能猜到的地方
她說永遠不去打開
媽和你一樣，都是大地的孩子
只有海洋知道
九月的天
藍得打顫
九月的孩子不忍心荒蕪大地
喚醒大地的孩子
九月沒見過
地球自轉是他心跳的聲音
行囊是度量大地的尺度
遠方，也許是答案
分寸在九月心裡

2012年9月17日，於紅光修道院。

誓言

萬沒料到誓言出生在這個季節
敏感的藍鵲啄開新世界
藉此凝視夢中升起的自己
風，掛上樹梢琴弦
彈奏古老童謠的知了
散落林間的海螺和小圓石
是忠實萬年的聽眾
宣誓是換個角度定義生活
生活是夢想的期盼
滾燙的誓言透析金屬色澤
據說與黃金時代有關
慈悲守護者
以誓言作擔保
從此沉寂
從此簡約
從此無為
明年秋天讀詩的人怎樣
與你何干

2016年8月13日，於臺北陽明山。

重逢的儀式

大地、長空攬入墓石的心靈

蜿蜒跌宕的烏蒙山峰是西洋傳教士喘息的節奏

生活是一種宣言

吟詠希伯來詩歌的泰西旅人

客死他鄉是騎士的解毒劑

行動不便也要守護山川

進入大地是與故鄉重逢的儀式

夜深人靜

村民聽到地中海的濤聲

2016年10月9日，於雲南會澤。

旅途

高原太陽不忍心讓我直視
順著光線才看得見瓦藍的天空和悠閒的白雲
幾朵雲脫離雲層
時散時聚地變幻著形軀
高原人說這裡沒有霾。我不信
看了他們的心之後就信了
漢子紅光滿面地和你大碗喝酒，他們的女人
時過子時還和你泡在電影院
再次觀看「血戰鋼鋸嶺」，然後
送你回教堂。他們說
教堂是天主的家

前行是一種使命嗎？誰都知道
蘋果花裡面隱藏著曼陀羅的影子
下山旅行是愧對高原
天主住在基督徒軀體裡
真的需要找我來提醒人們嗎？新約說
使徒是人間的廢物，擔任司祭這麼久了
我才確信
高原湖泊藍得令人窒息，一個激靈
理想、崇高抖落滿地，我想那不是水的顏色
它只是毫無保留地承受了天空而已

2017年1月18日，於旅次。

天主

三年級的侄兒問天主是不是真的存在
我給他授予嬰兒洗禮
輔祭小童用微信名字
直呼本堂神父為「犛牛」
二話不說我就捏住鼻孔並叫他屏住呼吸
問他感受到剛才還說不確定的空氣沒有
孩子信賴感受和愛
跟他說我那套修道院裡的哲學理論不管用，然而

接下來的問題才真正讓我驚駭莫名
天主善良嗎
我以為剛才捏鼻孔讓他不舒服了
他說神父大伯你想多了
面對一個非理性問題
我自忖確有難度
人類無法感受一切可感事物後面的原因
我清楚地意識到家並非講道理的地方，令人窘迫的是
我和自己的感受失去聯繫太久了。孩子
拓展著人類對美善和愛的感受
問題是我是否一直沒有將修道院裡的孩子們視作家人
梅瑟說天主是自有者
基於一種對愛、美善和存在的無限敬畏
「天主」這個神聖詞彙，未必

與天主等值
那我何去何從

2017年1月20日，小年夜於父母家中。

凌晨一點半

凌晨一點半，沒有睡意
在讀自己的詩
朋友說我的句子有點嚼頭
想體會一下，世界在睡眠
自己卻醒著的滋味。人們
在做夢、撕扯，抑或在某個時區跳舞
那我做什麼
祈禱

祈禱，不為榮耀天主
卻讓我仰望光明

躺在被窩裡感受深夜空氣的冷，和
棉花的熱，觸摸
流逝中的時光
被包圍的幸福感
返回媽媽的子宮

門縫擠進一股風，可能
有人還沒有辦法裹著被子睡覺
那我就這樣思念著你到天亮
對　就你
而非他們

2017年1月21日，凌晨兩點。

你和我

為了體會耶穌，必須
和很多東西保持距離
包括你自己
雙子座的人，肉體在地上
靈魂卻懸掛在星空，不知道
天主為什麼要讓你
在這個時代出現

心口如一的信念讓我略感自在，否則
早就人格分裂。寫這首詩的靈感
在於突然發現
那些被選擇性遺忘的經歷才真正造就了我
向自己懺悔，並對每一個人
心懷感激。彌合大地和星空的間隙

耶路撒冷的空墓穴至今保持完好
但那又能說明什麼
2006年聖週三在裡面待了一宿
除了感受到冷之外
一無所獲
若不是福音書成了觀照自己的鏡子
我註定會成為無神論者

2017年1月22日，晨曦微露之際。

和鷹對話

追逐西去的太陽
醉漢在天空刻劃不規則弧線
牠以為進攻只是出於本能，嘶叫著
用啼血染紅傍晚
特定的美學標準，世界是牠的領地

你知道這個世界上始終有鷹這種動物
準備好保護自己，這無關你的
正義和尊嚴
與鷹搏擊原本勝算無度
那又何必延攬牠的壞情緒
順著夕陽的光線才看得清萬物的光
將空間和時間留給鷹吧
牠恨的不是我們
睥睨羽毛、喙和利爪的人
基督顯形也奈何不得
時候要到，現在就是
這樣做你其實成全了自己
鷹的弧線，敞亮著
愛的旋律

2017年1月23日，默觀基督苦難之後。

變形

在臺北生活了三年
許多人懵圈[1]了
——「瘦！」
——「這是你嗎？」
一個拓展精神長相的年齡，朋友們
始終裝著一個毛毛蟲

——「節制！」
說了就後悔
傷害決志塑形的人們？

抵達腦內啡飽和點之際
陽明山步道上的獼猴和輕快的身體
忘記士林夜市美食，以及
牧職上的成就感
咋會這樣
陌生人

2017年1月25日，保祿歸化慶日。

---

[1] 懵圈（měng quān），大陸網路流行術語，意識震驚之後，思維停頓或者合不上嘴的狀態。

春天

與春天相遇
始於一桌酒席
為了呈現最好的自己
人們候鳥般遷徙
十三億人用一整年時間
精心設計了一場預謀
瞬間，大都會靜作空城
小城鎮即刻沸騰
紅光滿面的人們突然發現
過日子，原本該當如此

半夜熱醒了。還以為
是酒精的化學作用
燕子呢喃
身體
歌頌新天新地

2017年2月1日，正月初五。

獻主節

慶祝獻主節彌撒，我看見
自己靈魂的裂痕
枇杷果欣然笑了，還有些正在開花
微白，毛茸茸地撒著嬌

霧要擰乾晨光的顏色。在耶路撒冷
拍攝到遠東植物，同樣的光
斑駁地
穿過地層

2017年2月3日，於晨光中。

朝聖者

10：07，陰，微涼
小女孩問可以進來嗎
大人在裡面拍照、評論……
這裡不是博物館，她知道
透露神祕力量的教堂
媽媽的溫情
彩色玻璃在慈祥中舒展
——「我要在這裡祈禱，媽媽，
為妳許個願！」

梳理、擺姿勢，再自拍、再刪除
足足花了十來分鐘
以聖母瑪利亞為背景
女孩想拍出天堂的美麗

中學生模樣的男孩在角落飲泣
沉默的天主，如何
一眼同步這一切
女同學這兩天不搭理他了，或許
春天引發他的某種不安……

2017年2月7日，於廣州沙面露德聖母堂。

第三者

一米高的十字架張開雙臂緊擁著
懺悔者，跪迭作S狀
向她的耶穌喃喃細語
聽懺悔的神父，是局外人

Confessio，宣信、告白
漢語言誤解了聖奧古斯丁和盧梭
懺悔室的靈魂
舞動光明的翅膀消失在捷運轉角處

2017年2月11日，主持和好聖事之後。

小圓餅

——「一胎政策所致！」
——「經濟發展導致修道候選人匱乏……」

——「不！」右手拿著手術刀
左手固執地一揮：教會失去了活力
直覺告訴他
割傷自己，並擠出血
黑色、黃色、綠色，更多的是紅色
前所未有的愉悅
沒有誰看得見自己的臉，除非
透過別人的眼。白鴿在飛
朋友說他更年輕了

懺悔室的光明，慰藉
靈魂深處最隱蔽的那道防線
每一個細胞格里高利般的舞蹈
分開「信仰」與「信念」
是一種解脫，決心不再強迫自己
非得容光煥發地活著
——「信任聖體！」白色小圓餅裡面
隱藏著耶穌。基督徒的身體
是耶穌的隱喻

身體

比腦袋更有能力面對問題

——「人類需要司祭，總有人

渴望成為司祭！」

2017年2月8日，於旅次。

徐哥

教會食堂，喝酒、唱歌直到深夜
興致很高，一直在講他的故事
更多時候我只是傾聽者。聊天，讓歲月
插上繪聲繪色的翅膀

從前負責司法系統的徐哥，如今
成了基督徒。自然律，讓他深信
社會的未來在於敬畏良知。困倦的旅行者
到處都遇到憂國憂民的人

2017年2月18日，於廣元天主堂。

小田

小田，八零後，帶著十來個年輕人開發軟體
一週內，不同的地方，再次聽到
「敬畏」、「社會責任」……
不同的交談對象，彷彿彼此認識

——「那一位，我敬畏！」
有別於父輩，小田為自己的信念
塗上色彩。令他苦惱的是
無法為這種色彩命名

2017年2月21日，於成都。

聖灰十字架

抹黑額頭，四十天光陰
走完四十年路程的基督徒
一年一度，聖灰十字架
黑暗中光明的希翼

陳放一年的枯枝，將歲月
燃作嫋嫋聖香
塵歸塵，土歸土。抹黑額頭
好映襯天國容光

2017年3月1日，於聖灰禮儀日。

最後的春天
——悼念王充一主教

九十九次頌揚春天，昨天
去天堂領略春天生長萬物的祕密
給我留下黃菊和白菊裝扮季節
加上一個世紀的潤月，百歲老人
說不完的故事
所有遺忘都是選擇性的

第一次見面也是春天
希伯來歌謠正開啟著清晨的門扉
即使哪天太陽不願進屋
他也能讓世界陽光滿面
某年，海盜船掠走擎天柱
他三次巡遊天空，張開巨翼
不讓太陽灼傷我報效春天的勇氣
輕覆雙手，古老聖詩
傾瀉滿地

詩歌背負著情緒
寫悼亡詩是詩人慣常的自虐
黏在網上
靜待成為蜘蛛的美食
他享受永生，我在揉碎、重組

2017年4月30日，於紅光修道院。

遇見自己

詩歌讓我遠離人群
刪減文字的遊戲
褪盡一切在林間裸泳
將自己扮作精靈
雕琢時光的人是赤裸羊羔
無關愛或不愛，只在乎感受
哭或笑都是沒有節奏感的史前臉譜

往裡面走是神話中古老的英雄
會遇到怎樣的自己
似曾相識，又難以意料
風箏飄再遠都承擔不起揮灑晦暗的祈禱
覽盡眾川，你還得回歸大地
據說為了呼吸次日霞光
詩人會將熟透的太陽種入花園
並在夢中嘲諷主角的做作
雨水澆灌，太陽生長
不然怎會見著玫瑰在五月微笑

2017年5月12日，寫於汶州大地震九週年之際。

記得童謠
——獻給降落凡間的菲洛美娜

男人播種，女人歌唱
十月懷胎，男人成為大大
女人做了娘
懷中嬰兒要做父母的父母
喚醒記憶中的謠歌，深夜
哄著爹娘夢中酣暢

無論走多遠，父親
總在每年的某些時光
將自己鎖進記憶深處，靜靜打量
每一個房間，或者
欲言又止，索性放開酒量
將童謠翻出來反復醞釀

穿上新裝，融入他鄉
童謠的韻味全憑想像
你和此時此地的關聯
由色感、口味、音域任意割傷
無論走多遠，記得童謠的孩子
總是有家可歸的嬌娘

2017年5月26日，於河北修道院。

野草

旅行是我無法自拔的幻想
從教堂出來，剛剛懺悔過的神父
以接近天空的色彩飛翔
靈魂可以隨時溜入天堂
不再隔著霧霾呼吸，數著念珠
冥想擺脫重力的晨光

擔心睡夢中去了天堂
孩子模樣的人們
初夏野草般瘋長
不敢勸阻任何一位，儘管
我很煩。傾聽懺悔般承受
無所顧忌的交談。還得忍讓
靠背椅壓我身上沉入夢鄉
天空裡的野草
長吧！長得越茂盛就越歡暢

重返大地那一瞬，大鳥
掀開所有的憂傷
這些可愛的人們，一轉身
就再難遇上
幸好，撒落野草的飛翔

給了他們自由，也給了
來自上帝視窗的欣賞

2017年6月1日，於旅次。

守護溫柔

一維空間，哪有愛或不愛
恨與不恨？也無所謂
責任、欲望，意義的期待
喜怒哀樂，她
顯形你的自我
嬰兒是神賜予人的一面鏡子
慢慢長大，陪你成熟

粉色小手是天使探下雲端的眼神
搖醒斑駁的心靈
酣睡中，她守護
成人世界的善良

喝滿月酒的人，再一次
為自己舉辦成人禮
她的羸弱擁抱，尋回你
浸透肺腑的無畏凝視

天地消失，瞬息之間
寒冷消失
親愛的孩子！別回頭——
溫柔下去

2017年6月28日，於旅次。

小松鼠

邀請北京、巴黎、臺北的松鼠入鏡
是個挑戰。黃龍山谷
機警、靈慧，
林間遊客的舞伴
進入舞池。你
是她的寵物

冰川在正午陽光中燒燃
海拔3.9千米的樹洞精靈
走出太古史
松風的古老節拍
眼波流轉的雪域世界
舞伴鬆弛，回歸自然
為她寫首詩
是我唯一可做的愛憐

2017年7月10日，於旅次。

兒子

一位偉大母親
生了許多兒子
其中一個，成年後
就保護起來

兒子將婚房坐穿
卻沒有盼來新娘
他不忍心
母親患上肝癌

娘也是世間過客
唯有「道成肉身」方能永遠
此番遠去
軀體塵化，愛妳不滅

2017年7月11日，於旅次。

阿肋路亞

深夜燭光，搖曳
安魂彌撒的馨香
前兩天
司祭預言一場遠行
有點像君王的葬禮
全國平均氣溫33℃，麗江
遊客渾然不知地賞雪
今年六月特別長

2017年7月13日，深夜。

遠行

上半年，時光異常慌亂
盛年的陳有海、丁松筠，年長的
塗世華、蔣劍秋、王充一、劉世功、李清純
七位聖職人員，搭上
人類遷徙光年
回眸地球的溫情都不曾留下

淚花還在資訊時代的睫毛上跳舞
「頭條」已更換千萬
我栽培小樹的速度，阿門
阿門，跟不上你們奔赴歡宴

耶穌啊！是不是讓節奏略緩
容我喘口氣
今年才過一半
實在要以光年計算，那你
也給我放假去旅行

2017年6月20日，於紅光修道院。

24℃

只有夢才容許你，重溫
翻山越嶺牧羊的日子
半夜，鍋莊舞包圍著篝火
有一次，跳到天亮。下雨了
她們在廚房喝酥油茶

回不去了！寄望
落葉，催生你來年的新芽
夢用它的溫度
治癒永不再見的流水光陰
我憎恨時間
奪走詩人的遠大抱負，和
世界該有的秩序

白髮蒼蒼的基督徒拽著我
述說鄉愁
我們之間
勻稱的呼吸是最好的聆聽者
有人送來宮廷普洱
24℃的晨光
春城，通透、醇釅

2017年7月24日，於昆明。

念珠不見了

59粒珠子
像隕石
光與夜交織
酷暑沒了主張

——「我的念珠不見了！」

緊貼大地
丈量經緯的十字架
靜候輪迴
凍結時間的冰

——「我的念珠不見了！」
——「你們看見我心愛的嗎？」

與線割斷聯繫，橄欖木
重新成為耶路撒冷花園的護守天使
磕長頭的朝聖者
消失在天地相遇之際

2017年8月18日，於旅次。

重逢

化學顏料後面
難以啟齒的白髮
一眼就認出
在你的記憶中
住了18年
潮汐攜回的大海
面目全非

刷新記憶的再見
賡續所有裂斷
歲月將師生變成搭檔
不同的書藉，成全
我們彼此
聽懂石頭的歌謠
什麼也沒有
什麼都不缺

空出的書架
等再久，也不會失望
重逢，和比18年更早的那場初見
都在秋天。對著小樹許願
喚醒他們。醒著
就睡不過去

2017年9月14日，於全國修院。

小刺蝟

差點踩了那隻飢餓小刺蝟
晚上九點，我去覓食
牠急匆匆的背影。快過
剛剛穿越南北的飛行器

35℃的熱浪
要刺何用？
相遇也是夢
刺和刺的對話
有愛相待

2017年9月18日，於京南修道院。

無辜的蚊子

一隻蚊子

死了。這事

出於偏見

拍死它的不是勇氣

是恐懼

人類的血撐壞蚊子的貪婪

那道門簾

本不該敞著

蚊子原本生活在草原

2017年9月19日，於京南修道院。

又是九月

每個人都是詩人。在形式和
內容之間流離失所
愛欲中的平衡感
歸家心切的浪子
詩人，被特許以詩氾濫情感
「道成血肉」成全時間的所有意願
生是某種因果鏈上的死
死是確切的生
如果真的能讓世界開闊起來
詩人會即刻歸去
這是我判斷詩歌的稟賦
刪減文字的快感
是輪迴生死的一劑良藥

寫詩
是我的救贖
誤入世界的記憶
我總是和很多事物保持距離
在飛機上寫詩，透過火車
穿越時光。突破各種限閾
獲取人類共感
確切與模糊之間，跌宕
「道成血肉」的驚天秘碼

九月，湛藍精靈頻頻顯現
穿越澄澈，使我得以評量
每一個眼神後面的樹狀憶念

歲月將萬物雕琢得面目全非
白髮卻頑皮地記錄世間所有慈悲
或者蓬亂，慈悲祥和的反面
有人攜回童真記憶
潮溼所有滄桑的能量
我不信任權力！利用權利
在秋天的課堂上宣言
懸掛的十字架是牆上開花的樹
人類的驕傲和造物主的永恆謙卑
燭光中掄起天國光環
牆上影子嘲笑無厘頭的恐懼
和死亡的猥瑣。還有徹夜的讚美詩
沒有愛
什麼都不算

2017年9月24日，於京南修道院。

我的安魂曲

Pie Jesu，整個晚上
天堂塑造得迫在眉睫
回不去，也悔不回
文字與歲月協定成熟模樣
好讓妳放心。跨越
94個春秋的慈悲心腸
守護兒孫千秋萬代的善良

絕大部分人都不認識妳
遠道而來的人們
貝多芬的曲子被當作輓歌吟唱
情緒撕裂成酒宴
抗議天堂門口為人間旅客設限
天空塗上霞光
天使上去下來的方向

堅毅舒緩的安魂曲
將我葬入慈愛目光
再過六天，每年的月亮
才最圓滿
今年沒再奉獻安魂彌撒

享盡這世間溫情
我就不信！八年時光
妳沒能躋身天堂

2017年9月29日，寫在奶奶去世八週年之際。

深秋安魂曲

幾位老太太，每週兩次
6：40到教堂念玫瑰經，下午3點以後離開
今天，安魂曲的情緒感染整個世界
其實不是她們約會的日子
沉寂的星期六，下降陰府的那人
傾空了煉獄
從空出門牙的地方流出讚美詩變奏曲
二胡乾澀地撕扯蟒皮的哀怨
天際微明。樂器已上路儲備演奏力量
彌漫過濃霧的年輕時代，不懼霧霾

每年11月2日，善良的基督徒
唯恐祈禱晚點在天堂門口
不要等到冬天，才點上紫色蠟燭
無人紀念的煉獄靈魂會被烤焦
胡楊掛著幾片簡約音符
在秋風中搖擺
密不透光的樹林不知道藍天的情緒
無名枯草，在雉雞、狐狸的世界裡舒展

不同時代的墓碑從芒草矛尖冒出
粗重喘息加劇了「友誼地久天長」的節奏
不動聲色地變幻成輓歌

順著西洋傳教士滄桑的臉頰淌下，聖水
閃耀太陽般的光輝
消失在遙遠國度

2017年11月2日，於紅光修道院。

葬禮與婚禮的交錯

主持葬禮，有時兩場
婚禮進行曲，下午
午餐告別亡靈，晚宴慶賀新人
新娘爸在偷偷抹淚眼

教友說我主持彌撒的聲音出現在橋段
拒絕了導演，那年，教堂婚禮開放給非基督徒
沒有收取一分一文。如今……
許多神父既是導演，又做演員

經常在焚屍爐前主持半小時左右的彌撒
超度亡靈是天主的事，我只想引起人們圍觀
小鐵門後面
火苗肆掠在沒有靈魂的軀體裡面

昨天，有個教友索要我的照片
16年沒見！情節比我完善
老伴上月去世。更多時間
用來回憶和我相遇的那個春天

2017年11月4日，於紅光修道院。

遠行之二
——悼鳳翔李鏡峰主教

碾壓過一個世紀的春秋
無神論者百思難解
活得越久的人，越稀薄呼吸空氣托舉的贊言
時光點化成一場期待中的拉丁會談

30年成長，40年牧羊……
還有20個冬夏靠在手指頭上邊[2]

有些人
活在某種時代
代表人類，另有些人
「有所適從」[3]

聖者的訓斥是天堂絕唱
學不來，再也聽不見……

2017年11月17日，於紅光修道院。

---

[2] 1950年代中期至1980年前後，中國聖職人員基本上都在監禁中度過，不能舉行彌撒，也被禁止祈禱。在勞改營地，於是，他們以手指頭計數，念玫瑰經，借此熬過艱難歲月。

[3] 在《司鐸禮儀手冊》（1999年5月）「再版前言」中，李主教說「梵二」禮儀改革以來，由於缺乏完整的中文禮儀書，一些年輕司鐸既沒有見過舊禮儀，也缺乏新禮儀的權威參考資料，總是有「無所適從」之感。因此，為了確保禮儀的神聖性、莊嚴性，他遂查閱了手頭所有的教會核准的拉丁文禮儀文獻，並將其中的主要部分摘錄譯出，加入到《司鐸禮儀手冊》的「修訂版」之中，「供我中華聖職人員隨時翻閱，以資參考，有所適從」。此外，李主教還編譯有《感恩祭典》，專著有《圖解拉丁語課本》等。

所見所聞

三樓，看不到泥土
樹冠將天空拉了很長
夜晚，星星的窗戶
覬覦
書架搭建的房間
鋼筋水泥拔高人類的身量
聽說，通往市中心的地鐵站下個月就要剪綵
這方圓一公里之內！不知道
還會聽到些什麼新聞

2017年11月19日，於紅光修道院。

時光是太陽的遊戲

節日是療傷的儀式
逼停各奔東西的腳步，即使葬禮

也盡力撫慰
活人眼中的哀怨景致

時光成了麻辣香腸的切片
不同肉質

與片段，讓人細細琢磨
天空到底掛著幾個太陽王子

我喜歡扳著冬天的指頭
計算所有投影的來龍去脈

踅摸字間距離的詩人
幸運地見證逗號黏著白紙，在光的身體裡

展露長長的影子
時光是太陽的詼諧遊戲

總是感覺時間的腳程好快好快
還在規劃旅程，就已

錯過焚而不毀的荊棘。只有夕陽懂得
受傷的鳥兒，慈祥地挽留它不要遠去

自打坐上高鐵。太陽
就換了一副模樣。加速度

人類是射向天空的弓
有些人一轉眼就沒了蹤跡

山裡的樹和超市的果實擁抱彼此的靈魂
有眼睛的人類自然看不透。果核是

映襯萬物前世今生的
鏡子

高矮不平的樓房競相奔跑
明天它又會回來，影子

晚點
你大可不必斤斤較計

兩千年來不曾間斷的彌撒
24小時的每分每秒都壓擠

並迭合作唯一的存在
彼伏，此，起

瞬間在哪裡
歷史踱步的聲音越大，那就越是

它天生的局促不安。每天都
過成節日，我們隨即

創造歷史。每句話都
存留在天主的心裡

「不要怕」，天使是這麼說的
耶穌連連點頭，如是！如是！

2017年12月18日，於紅光修道院。

冬至之光

冬至用它最濃鬱的色調覆蓋大地
子時彌撒中的基督徒變成晶瑩剔透的聖誕蠟燭
萬物依次敞亮，在光中
靈魂與造物主彼此相屬

有人向基督徒祝福「聖誕快樂」
心靈雞湯的碗底，顯露
一粒花椒，企圖明目張膽
麻痺自己的眼目

川北小山村的聖誕馬槽是帥哥神父
和留守老人就地取材的傑作
老人們在「朋友圈」炫耀自己的成果，再三叮囑

大都會裡的兒孫去教堂領受平安夜的祝福
和寓意乖巧的聖誕蘋果。虧欠光明
的兒孫會漸漸失去溫度

2017年平安夜，於廣元天主堂。

新年第一天

連著燃起兩隻香煙
光影裡閃爍某種嫋嫋期待
第一天的陽光很暖和。晨禱時
像農夫迷失在種子裡面

微信「朋友圈」歡聲四起
紅包飛來飛去
煙霧成為空氣那一瞬
孩子般捲入川西壩子陽光下的霧霾

天主之母節彌撒。比想像
的好，十二人一起祭獻
歲月，並呈現

彼此對光明的期待
擱下一寸光陰
晚上自然暖和入眠

2018年1月1日，於紅光修道院。

一首詩歌的誕生紀實

經常由於修改詩句
將生普泡成美式咖啡
Po出濾過的湯汁
文字用情緒增添歲月匆忙的色彩

鍾愛有加的詩人們
相約而來指點我如何讀詩
一起品茶
琢磨時光的長度

承受詩句的折磨
體會生產
死亡般的疼痛！我是長子

被耶穌相中成為司祭
生老二，老三
她死了兩次

2018年1月1日，於紅光修道院。

追星人

順著啟明星就能找到長庚星
黑夜腹地，追星人
喜歡聽見呼吸的節奏
夜深人靜，喚醒光明

據說白冷新生之星是阿波羅的眼睛
沒有經歷塵埃的美譽
灼傷人，也溫暖人
天寒地凍，星光不死

提燈天使在穹頂為太陽值更
只在意白晝的人才會用都市燈光
挑亮黑夜。一到傍晚
白冷之星就如實點亮

天上群星，伯利恒嬰兒的眼睛
安撫黑落德和他們傷痛欲絕的雙親
有時變作雨，滋潤
未曾謀面的母親

2018年1月7日，主顯節於紅光修道院。

書的旅程

書捆紮成方陣
通往出生的城市
是回歸源頭，還是
為下一個漂泊儲備

燃料，就像鄉愁
肆意燃燒
華髮人和斑駁老牆擠在一起
還會有「問客何來」的稚童吧

「別讓毛孩子煩勞老師！」
就這一次，耶穌
應聲呵斥愛徒

聽說那邊的霾治理得不錯
冬天越來越像冬天
該冷就冷，該熱就熱

2018年1月9日，於紅光修道院。

逗號的力量

孩子們將整棟樓留下給我
數算心跳的節奏
燭光擦亮冬夜的眼睛
穿越文字窺探靈魂
讀了大半輩子的書，有些句子
一副與我毫不相干的模樣
即便一個逗號
也在耶穌眼裡流光溢彩

同一個字在不同段落演奏
往往是不起眼的小詞捅破天機
作為懲罰，將我大卸八塊
重新嵌入文字
耶穌，越來越高大
迅速抓過幾片蟲兒啃過的紙莎紙
毫無憐惜之意
暗無天日的世界盡頭
無路可去

2018年2月19日，於紅光修道院。

高原晝夜

春天在扣門
想像中冰雪融化的聲音
據說五分之四的國土
裹上了雪襖

彩雲之南依然四季如春
高原陽光用創世初日的激情
喚醒人們，創作
油鹽柴米的靈感

共享單車還沒來到
再慢的腳程都足夠丈量
Mini山城，母親們結伴

去吃酒席。月光灑下童貞女的頭紗
披戴萬物。高原人以為
天堂就是這般模樣

2018年1月27日，於烏蒙高原。

立春

小燕子銜來一個窩
孵化黑白相間的春天
揮舞褐色雨杖，緊貼地面演奏
浪子一生都在躲避季風

帶上寒意的風
推擠生命的跡象
不悲觀的人，再慵懶的冬眠
也有復甦的力量

茶人的春天始於嚴冬
枇杷樹盛開的祕密
就像耶穌將自己變成一粒

種子，葬入大地
不露聲色地，捧出一把
嘴角上揚的杏色果肉

2018年2月6日，於烏蒙高原。

溫習減法

和學長討論如何演算減法
十多年前我們都喜歡加法和乘法
酒精捕捉得住時間的醇化本能
微信空間卻在瞬間醉得一塌糊塗
陪伴是一種軟化劑
降低血壓
我始終害怕大胸襟、大格局的詞彙
大放厥詞的人才喜歡和它們混在一起
這是某種天生的偏見
在彌撒講道中揭開疤痂
給基督徒輸送炯炯有神的快感
我擅長將別人的故事當成自己的故事來講
想找幾個崇高的詞彙來搪塞過去
卻又怕撞到正在墜落的人身上
那還是只揭穿自己吧

2018年2月22日，於旅次。

修道院紀事

修士找不到自己的鞋，另一位
丟了右邊那只，有人說
可能是修道院裡的那隻白貓幹的
最近它的腳有點瘸

浸入初春的深藍色調，修士們
將整個天空攔進迷你教堂
清晨六點
耶穌到底收納了多少個天空

初學修女離開了那間修道院
數天後，她在網上留言
犯罪是人性的流露，但是
寬恕卻是神性的本質
另一位在風中搖擺數日之後
寫說如果我的腳步跟轉動的大地不協調
就沒有辦法前行了，或者會跌傷
我活著是為了與大地和其他人共融
18年了，猶如初學
如何承受這無法計量的愛

2018年3月8日，於京南修道院。

種子的夢

空氣淨化器成了我的肺
走出房間，身體是過濾網
第一道關卡是鼻孔，然後是喉嚨
之後才輪到肺。總感覺

自己是一粒種子
春芽和曾經盛放的季節，以及
樹上的果子都是種子捎來的夢
總有一天，我會恢復原形

2018年3月9日，於京南修道院。

街頭所見

有人在修道院門衛等我
連掃了兩輛mobike
「壞了」，一輛說，「你沒有看見嗎」
而小黃車，壞的是條形碼

戴袖章的大媽們在閒散聊天
大街上的初春並不寒冷
我的行為沒有引起警覺
面無表情
人和儀器
到底該相信誰呢
機器至少表徵我這人安全可靠

另一群大媽倒是很安靜
在手機上各自商量家務
在耳麥裡踮著節拍
每個人展開一個世界
其他人都在另外的時空
就像ofo和mobike[4]
各有各的心事

---

[4] ofo和mobike，為2016-2018年期間，風靡全國的兩款「共享腳踏車」，後因融資，被其他集團收購。

我是想安撫它們一下
不知道如何開口

2018年3月11日，於京南修道院。

不做詩人時

年少時夢想成為詩人
格律是靈魂

那時的靈魂纖細成搖擺風箏的線
線柄纏著你
放棄如此困難
微友們[5]兩個大拇指亂彈一氣
就地成詩

晨禱、彌撒、早餐順理成章
一位微友還在自我體貼
「床上好像有502，
我被黏住了，
起不來。」

3月15日，昆明，24℃
自駕遊的成都美女說
「原來你來到這裡，
就是為了將我喚醒，
喚醒我柔和的愛，
喚醒我謙卑的心⋯⋯」

---

[5] 微友：加入微信「朋友圈」的社交媒體朋友。

「春雪貴如油！」
一位神父的雪花頌，擁著
水做成的精靈在西北大地上曼舞
就連暮春之霾都如此詩意
喝著春茶的南方
暖氣片上晒詩的北方
不成詩人都難

2018年3月15日，於京南修道院。

聖週四的守夜祈禱

男人獨自上了床
女人們在地下小聖堂
每一個角落釋放白晝
照亮歡暢的塵土

半夢半醒的孤獨
裹在被窩裡的人
實在沒法理喻略帶寒意的春夜
在用一整宿編織幸福

再減——
什麼也不蓋覆
的祭臺。像一具棺材
躺著一個
安靜
死去般的順服
凝視中
的時光彼此糾纏……
有人來提醒她
天已大亮，地面上
聖齋戒日的祝福
走出洞房
滿身永恆

2018年3月30日，聖週五。

雨幕

存在是一次聲響
急促地
吻著乾癟的青草莓
窗外群樓和灰色幼雀
張著最大的喙
盛開在
雨幕底層
沉寂了一個季度還多的雨
略施魔力，萬物
競相伸展雨的千姿百態
更遠處的寶塔
秀出俠客該有的鋒芒
進入這場洗禮
是一場天大的冒險
我總是詞不達意
上去了，擔心
回不來
雨下來的方向
藍色精靈編織夜晚的天幕
哭夠了，揮灑
七彩的落寞

2018年4月13日，於河北修院。

文字遊戲

屏著呼吸過日子
時間也失去了他們所有的耐性
光在不同角度
舞姿揮灑成鍵盤裡的指尖
至於晚上
和晝一樣安靜凝視的月光

直到尿酸抵達腳尖
花蜜還在靜靜釀酢
夏雨則莫衷一是
驚悚而敏感的閃電
穿越房間每一個牆體的瞬間
揭穿背牆而立文字們的謊言

黑鐵時代墜落凡間的精靈
字與字有時會搭起雙翼
撕開白晝的幽暗
無邊無際的螢火蟲
用網黏住時間
獻給不老的童貞聖母
傍晚來臨時
落下了風
撥弄佳播天使吟誦的經書

嬰兒初次打量過的世界
沒有慌張
也沒有芸芸眾生
誰叫啼哭的滋味如此美好

2018年5月16日，於紅光修道院。

致悅讀少年

帶上幾卷書稿
風在你後面
催促我一飲而盡
文字是天空的雁群
舞姿投給大地上的少年

摸著石頭過河
每個人都是盲人
脫離肉體的靈魂
正以嚴肅的神情丈量世界

這個世界的不同地方
同一時令存在很大的情緒差異
大多數的人有點像冬青樹
模糊自己的模樣
從來不想起身走走
抖落俗世的塵土

有的聲音極其固執
誰也沒有意識到
造物主在語言的後花園散步
太陽，斜著身子
穿透遠古的冰雪世界死守矜持的溫度

再怎麼裝飾的語調
掩飾不了由更深處伸展的疲憊
別責怪這個時代
不會欣賞優美與崇高
當全世界只習慣一個聲部時
遺失的不會只是歌唱

我遇見許多嚮往田園牧歌的人
阻止小孩子靠近耶穌
他們拿出碩大棒棒糖
扭轉身軀的孩子們
一個仰望星空的少年

2018年5月27日，於京南修道院。

時間快熟透了

詩歌都不知道它焦慮了多少世紀
長得賽過古代先知的髮辮
詩人只好與自己和解
在曖昧中勸勉
束上耶穌的行囊
到哪兒都能遇見天堂
因耶穌之名
指尖上的時尚祈禱
聯合所有基督徒
不再磨損他們的膝蓋
不再讓他們和自己做伴
這首詩
在耐性中護守駕馭太陽要來的明天
「公眾號」把優越感寫在臉上
在雲端揶揄圍牆下端的Facebook和Line
勸慰我們別任性胡來
一個以編造諧音字為榮的時代
人們努力使自己過成碎片
而手機則意味深長地把地鐵每一角落
割裂成數不清的空間
一人一世界
一部手機獨攬整個世界

心不在詞的世界裡
詞也不在心裡
眨眼這一瞬間
也許還可以叫回他的靈魂
回來和我們一起祈禱
回來主持聖禮
你看，還在念念有詞
的炎熱夏天

只有這種季節會將自己旋成渦流
十年加一次氟的空調
張大嘴巴，趴在頂樓喘息
隔壁老王家的新郎新娘
每逢星期天總和修道院搶占良辰吉時
他們用禮炮歡愉週末的藍天
司祭剛剛踏上天國門檻
不同莊稼地托舉的葉脈拼搭起來
吟誦著
吟誦著
時間也就漸漸熟透了

2018年6月24日，洗者若翰誕辰節日。

打分

又是幾大摞學生論文
一學期的戰利品
緊瞅自己腹部的產婦
猜測孩子的長相

加一分，減半分
和自己爭執得面紅耳赤
攥緊一把天堂聖水
隨性揮舞就是基督軍團的破陣鐵拳

2018年6月28日，於京南修道院。

芽間情話

天國門徒的斗室
推醒福音書
發散檸檬的金黃果香
再小的窗戶
拉開窗簾
總有月光越入

燃燒宇宙能量的這一字一句
透析出普洱茶的威士忌色澤
至於心事重重的越冬枯枝
明年開春之後
每一個芽間
都會站上去好幾個天使

2018年6月29日，聖伯多祿、聖保祿節日。

小樹，小樹

迫不及待的天堂鳥
淚水在澆灌梔子花蕊
躁熱的夏天煽起了情緒
似乎要聯合一切力量催熟作物
既然是小樹
不要急著成為棟樑
所有窗戶都心向太陽
你得在「內室」沐浴聖光
能量攢夠，才有太陽花那扭轉脖頸的勇氣
照亮諸般晦冥的光終將來臨
就在你走不動，也
不再期待的那個時刻
風以碩大的翅膀搖撼波濤
卻始終不去喚醒老練的海底
他們達成古老協定
在天空的見證之下
一波又一波的海浪
旋轉著，以海底作為目標
在那沒有光明
也沒有黑暗的地方
全新的生命正在孕育

2018年7月10日，於旅次。

一個女人的自由

在光中
沒有噩夢
雙臂張開
才像鷹
擁有自由
飛翔

孑然一身
去年此時
她成了寡婦
像聖母瑪利亞一樣
沒有若瑟和耶穌
抱著獎盃般的十字架
數算餘生

在霞光中
在太陽休息的時候
天使的容顏

2018年7月11日，於旅次。

朝聖者的天堂

她是暑期候鳥
帶著孩子攀上雪域高原
時間久了，害怕
爸爸只是電話裡的聲音
男人吃上了家鄉口味
陶醉工友的風景

下雨了……
沒有聖僧
沒有白雲蒼狗
雪山悄然遙遠
有德克士
順豐
海瀾之家
騎小黃車的遊客
招牌曖昧的盲人按摩店
要是沒有磕長頭的朝聖者
還以為在北京
咀嚼價位相當的刀削麵

彌撒，晚上9：30
讚美詩插上前往
香巴拉的翅膀

祭臺上明晃晃的聖燭
天堂如此耀眼
頂著星星鑽進被窩
天亮之後
他們繼續把雪域變成北京

2018年7月19日，於拉薩。

羊卓雍措湖

雨中——
朝聖者頂禮禮佛
列長隊，進入布達拉宮
遊客看佛
無視遊客存在的朝聖者
不知攀升了多少個宇宙維度

12歲等身佛祖像
拉丁銘文的鐘不響了
佛祖比耶穌早生500年
大昭寺禮佛的神父，嗅到
酥油燈長燃不熄的光明

磕長頭的朝聖者
佛笑得很燦爛
雲層垂下一隻溫柔的手
丈量地球此時的身量
就在我腳前

一手經筒
一手念珠
就是轉不動
愚拙的敲鐘人

羊卓雍措湖

天上掉下了珊瑚樹

冰川時代的天空

舉起一面碧藍魔鏡

每一個遊客都看到前世今生裡的自己

有手機為證

2018年7月22日，於拉薩。

這一天

晨光欲言又止
看著他們紅彤彤的臉
雲在高原的胸懷裡
飄浮各種時光
草叢間冒出溼漉漉的太陽
抖落夢中的故事
風，不知從何談起
巡視大地的見聞
魚眼泡從茶壺底一路翻騰而來
前朝今世晶瑩剔透

遺失的茶馬古道上，炊煙還在
小鎮晚鐘的祈禱
西洋植物盛放百感交集的記憶
朝聖者披戴中世紀風塵
天堂之門的隱喻
這一整天裡，光譜和陣雨
交錯編織天空
詩歌唯獨選擇夜晚
剝離某個角落
喚醒那些光彩照人的靈魂

2018年8月5日，於烏蒙山中。

絳紅色的夢

就這半闋詩歌
將我卡在喉嚨裡面
不是說不出話來
少說如此困難
文字是人類給自己樹立的墓園
一面埋葬著自己
一面瘋長各種植物
晨露在地上瞪大瞳孔
白雲就開始暈眩
展露笑臉的石榴花
每天都在夢鄉
枕著絳色玫瑰的心願
放心吧
立秋之後垂首於地的穀物
更善解人意

2018年8月9日，於烏蒙山中。

光在晨霧中穿行

守護大地的精靈
在初生的光裡
童真少女
神祕柔嫩的青春
有了霧
物與物之間才有牽掛
給時間存留念想

列車穿行了一整夜
進入晨霧中時
眼睛就明亮起來
不再混濁
不再晦澀
就像造物主背負萬物
依次在光中稱頌諸般美好
「主啊，在這裡真好！」
飄蕩在任一角落的讚美詩
琴鍵上，少女在舞蹈

2018年8月17日，於拉薩。

無頭聖母

瑪利亞原本就有她的秀頭
安納生產時就有了她的頭
安眠後
完整置入墓穴中靜候聖子

撐滿若亞敬所有慈父祝福
賦予她兒子一顆完美頭顱
滿載著神祕智慧的獨生子
木匠才藝發揮得恰到好處

兩顆頭聚在一起時
兒子稱她為「婦人」
分開後
門徒有了「有福的母親」

以納匝肋為中心
瑪利亞成了十足的旅行族
感受過埃及的沙漠和酷暑
看遍了京都的繁榮與淚目

天使掀起了她童真的頭紗
若瑟愛撫過她溫柔的秀髮

耶穌輕吻了她慈愛的面頰
若望覆蓋上她沉睡的光華

在納匝肋家居，她擠羊乳
往葛法翁訪兒，卻遭冷處
去貝特匝達，看神奇孕婦
上耶路撒冷，獻微薄祭物

蒙福的美少女，見過天使
幸運的童貞女，尊享朝拜
奔波的瑪利亞，到處為家
淒苦的老婦人，葬了兒子

她夢想默西亞時代的奧妙
她憧憬過未來夫婿的美好
她洞燭選民們典故的玄奧
她承襲手作千百年的薰陶

旅行時，鬱鬱寡歡
居家時，惶惶難安
在聖殿，感受造物主莊嚴
處郊野，體察受造物愛憐

基督徒尊稱她為萬福母親
音樂家在她的心靈中徜徉
航海者的海星，世海之星
絕望者的願景，萬願之景

頭戴十二顆星的榮冠
腳踏月亮，身披太陽
基督徒最藝術的遐想
光風霽月，護佑蒼生

西元2018年8月13日正午
一百多個黑衣人濃雲壓樹
鐵錘，加耳瓦略上的巨杵
人影，在十字架下面漫舞

不知道妳有多痛，會多疼
蹂躪、褻瀆，褻瀆、蹂躪
我被他們邀為看客
有淚流不得，有話說不成

跌在十字架下也曾做看客
淚流盡，妳血啼乾

呼天搶地天崩地裂就此刻
嗔怪選作生神之人意為何

無頭聖母，是誰在自作孽
天上母皇，此刻在哪裡歇
鐵錘聲聲，令我魂飛魄散
只會癱坐，在瓦礫中輾轉

2018年8月17日，於旅次。

水在呼吸

每一個清晨
那些文字
就開始梳妝打扮
穿過牆壁和空氣
按照某種儀式
追逐光波裡的故事
彷彿遊子
溜進通往故鄉的那條河
始終不自知
走錯路
不是腳步的過錯
是路太多

文字的底層
彷彿太行崖柏那顆沉得住氣的靈魂
任何一扇羞於啟齒的心門
都住著一位愛美如命的天使
潛行狙擊的魔王
唯獨對懺悔室飲恨難平
司祭就是那湛藍天空眼中的鹽
調和高貴的靈魂
油菜花豔妝褪盡
就該到家了

天使在花枝盡頭吐露秘辛
天堂
只有一條路

無論你折騰何等碩大的黑洞
都抵不過時間

文字呼吸的節奏
唯獨希望
記得你自己的節奏
而我
在這節奏中沉淪
極像玻璃杯裡的明前芽尖
遇到水
我成了茶
蜷縮湖底

2018年8月31日，於旅次。

放過我吧！耶穌

「聖潔！」
像肥皂泡
一吹就跑
從此春天再無歌謠

我不配讓你愛
秋日裡的狗尾草
尿騷味之外，只要
蚱蜢互為同僚

咱倆實在不同道
你被當作人間廢物赫然自豪
我處心積慮，懊惱
十字架如何光霽衣袍

放過我吧！耶穌
你身居榮耀
為何如此將我苦逼看牢
我只想帶上軀體隨處飄搖

2018年9月11日，於京南修道院。

那雙撥亮油燈的手

就是這一夜之間
昏黃了油燈
年輕時的她
將黑夜變成白晝
擦亮大大小小的碗
接著搓遍月光裡的衣物
給熊孩子打上補丁
以免駭客入侵

時間在夜晚暴漲
長出白天三倍
孩子催促紙飛機快快起飛
自由
是盛夏舞蹈的蜻蜓
天底下的所有風雅
掙脫蜘蛛網
敏感的候鳥

床榻上的媽媽
是一把任性的刀
磨平所有溝壑
長大的孩子是父母的父母
會是哪一天？

突然冒出火馬車
帶走那雙撥亮油燈的手
仰望天空的先知厄里叟[6]
找不到回家的路

2018年9月14日，光榮十字架節於京南修道院。

6 舊約《列王紀下》第2章記載，先知厄里亞帶著自己的徒弟厄里叟渡過約旦河之後，獨自登上忽然出現的火馬車。在厄里叟的呼喊聲中，他的師傅——「以色列的戰車，以色列的駿馬」——絕塵而去。新約《路加福音》第17章，耶穌顯聖容之際，厄里亞和梅瑟（摩西）出現在光明中，與耶穌談論即將發生在耶路撒冷的耶穌之死事件。

候車室

光線恆常的角落
每一個人帶上他們的完整人生來到我面前
一場時裝秀
同一件織物由不同故事點燃
以基督之名，取景框中
每一幅畫面都收受它該有的尊敬
所有酩酊鼾睡裡面
一定是一場扣人心弦的愛情故事
深秋的某個上午10：37
所有植物都在大地上
不動聲色地準備各自的金色禮服

2018年10月2日，於北京南站。

在我們這個世界

我心很小
有了耶穌便是天下
下降陰府那天
贖回了自己
風不再搖撼天地
在黑暗的深處
不期而遇的光明

白樺樹、楓林，還有老狗
的構圖
畫框，是我的腦袋
鳥兒在幹練的枝條間築巢
腳步清澈的風
深秋，和音漸少
以色彩取勝

有的地方要結冰了
荷塘枯枝潑灑遒勁水墨
魚兒在天空游過
聰明的孩子
採摘完畢
會給造物主留下點念想
每個人都是一個旅程

假裝不知道彼此的終點

有人消失在時光盡頭

推舉你做世間的王

2018年10月11日，於京南修道院。

只有一個人逆行而來

地鐵是城市的新血管
10號線將1號線
延展到城市的視界以外
肩負欲望的祖先們
走了三天三夜
天真的孩子扛上鐵鍬
挖掘灰兔和螞蟻兄弟們修築的窩巢
和村莊的命運一樣
孩子們見過的樹種越來越少

超市的水果
盛開得沒法罷市
冰層則在記憶裡搭建厚道的綠色通道
冬天才有冰
在天幕裡舞蹈的不是波音飛機，那時
顏色不等的鳥類在雲端賽歌
山裡來的樹適應了節奏
人們假裝住在森林裡
呼吸自己製造的空氣

坐在地上的三個人
圈出了整列地鐵的唯一空間
醒來，空氣般消失

11號線終點站

人們在手機裡搖搖晃晃地種樹

吃雞[7]、打情罵俏……

只有一個人逆行而來

綻放我們的美好

2018年11月21日，於京南修道院。

[7] 吃雞，韓國電子遊戲開發商Bluehole Inc. 2017年推出的遊戲Player Unknown's Battlegrounds，譯作「絕地求生：大逃殺」，簡稱PUBG，也常被稱為「吃雞」。

聖誕組詩

天使

聖歌像火一樣燃燒
沒人喊冷
聖嬰在我手裡
穿越人群視線之前
修士們早就將它安放在時間的起點
等待遊行隊伍在深夜中緩緩來臨
像他所熟悉的「創世紀」前一章，寂靜的死亡
冬夜把喘息拉得老長老長
沒有體溫的聖嬰
將我的雙手吻得發紫
於是，十多分鐘的遊行
我努力擠出最喜慶的神情
和聖嬰說話的聲音
被天使歌聲蓋過了

希望

號稱無神論的員警
在幫忙維持秩序
一枚「聖誕快樂」的巧克力
虔誠的雙手像接生自己的頭胎男兒
職業裝像似黑落德的侍衛

希望，種植在麥田裡
只是拽得太緊的人
不敢打開
和時光賭氣
把自己輸得精光

寧靜

教堂是一個擴音器
聖禮的間隙
心跳的聲音
有的平和
有的急促
每個人都有自己的故事
聖嬰在貼近傾聽
孩子們吃驚地瞪著去找神父講故事的父母

你和他

你要不說
他也知道
他懂得一切
等著你開口
他只是聆聽
你不期待答案

你只是需要一個聆聽的人
你是一個不太擅長敘述自己的人
他撕開天幕
你和他
他和你
有時分不清彼此
這輛載過厄里亞和巴門尼德的火馬車
化身坐騎
陪著你窮遊天際
也許，站在某一個特定的高度
才看得清楚自己

屬性交流

這輩子
你可能從來沒有意識到
自己有多美
從天上而來的聖嬰
為你返回天堂
做足了準備
彌撒是一齣天人相遇的大喜劇
聖嬰牽引你活泛角色

騎士

習慣了遠方和詩
英勇的騎士
在伊甸樂園之外遊蕩
平安夜之前
他將你的身體
布置成了天堂
幸福是時時刻刻心懷感激
讓聖嬰在你內任意築巢

驚歎

發自肺腑的驚歎
是你啟動天門的按鍵

2018年，耶誕節於京南修道院。

一個新詞的誕生筆記

每逢年底
焦慮就變得比往常黏稠
那些悄然溜過的時光
散發著風乾迷迭香的味道
天堂日漸來近
翻遍字典辭書
找個詞來避避風雨

好幾個微友祭奠天堂裡的媽媽
無家可歸的悽惶穿過螢幕
狠心撞擊任一角落

翻過圍牆看看另一個年度的自己
扯下封面這一瞬
月曆微微咧開詭異嘴角
有點像故作深沉的少年
行程從元旦這天開始
安置在新年的眼簾裡
好不容易配置上「拒絕」這個新詞
放過自己，就不再是光陰的奴隸
風卯足勁拍打這一刻的窗戶
擠入一塵不染的雲

該不會是聖母瑪利亞打發來的天使吧
雲朵在天幕為你「變臉」川劇

2018年12月28日，於京南修道院。

太陽舞步

讚美詩歡愉的翅膀
帶我進入天堂
而你還流連夢鄉
有人已經喚醒全身細胞
把滿天繁星捉進玻璃瓶子
靜候啟航

從教堂深處，伸展——
目光
和著太陽舞步的主張
透析萬物
拒不承認的陰影
到了夜晚
月亮妹妹越過紗帳
凝視懸於天幕
十字架的聖殤

2019年1月9日，於旅次。

你在哪

我的旅程是一座橋
從燕山山麓搭建到雲嶺高原
三個小時
越過山山水水
北方零度以下初升的朝陽
給彩雲之南捎帶春襖
裹上雲層
天使傳奇不再玄奧
貪婪吸收的月色
被我踮起腳尖
掛回天幕
一樣地驚心動魄
一樣地心生歡喜
世上沒有漫無目的的奔跑
要是沒有你
旅程恐怕就不復需要
裝點籬笆的蒲公英和小蜜蜂沒了
小夥伴沒了
最後那隻信鴿也飛沒了
不夜的城市燈光
滿天繁星
忘記競相泛起的淚光
你在哪呀

驅策大鳥
我在滿世界尋找

2019年1月22日，於昆明。

立春紀實

抖落一季寒意，太陽哥哥
站在山頭，用一束光
分開我眼前的人間和天上
從「創世紀」走來一男一女
像造物主一樣播種和耕耘
每人一桿秤
女人看守家園，男人
傾聽萬物艱辛
草甸那天地草成之初打磨的
小圓石和海貝
攢夠時光，鑽進雪域
巴貝爾塔封存的記憶
我的取景框裡
每個人都在奧林匹斯山上
停車，拍照
他們都是這塵世諸神
只不過，事務繁雜
忘了一些至關重要的細節
「年」這種儀式
讓人們回味子宮的溫度
第一聲啼哭
第一次吻
第一波眼神

第一匹麻布

還有……

那死一般的痛

萃取玉米的靈魂

一片海洋

淹沒我們每一個人

2019年2月7日，於烏蒙高原。

老梨樹

立春之後的老梨園，是一群
從梵古畫室出走的舞者
順著舞姿，你會看到風向和果實
樹梢上面是湛藍湛藍的穹蒼

我那在天堂的爺爺和他的小夥伴們
老早就在這群梨樹下追逐繁盛的戀花舞蝶
有人在樹下刨出抱著漢幣的人骨
「堂琅莊園」的青銅造型

金燦燦的草甸和遒勁的枝群
夜郎國繁榮的市民托舉起他們的武士
至於國王，還沉醉

在「會飲篇」裡
造物主不缺頌歌，子民們的美德
是伸展神明的模樣。盡力向下紮根

2019年2月8日，於烏蒙高原。

光影

掛起瓦藍巨幕的天空
一盞無法仰視的燈
颪忘了在雲嶺高原上慣常行走的雙腳
太陽在布道
所有的雲都是信使，遣使他方
移動中的人體、建築和樹梢用陰影轉譯
光陰的玄奧
正在勤奮構圖的這片天地
你腦袋裡畫出初稿
擁抱我們的母親
幸福是有人童真地陪著你懷舊
即便打烊，太陽也會喚來月亮妹妹
尋找粗心大意忽略的紋路

2019年2月12日，於烏蒙高原。

問問晚餐

一首詩躍出地平線
掙脫那些痙攣著的胃痛
蜷縮在人生邊沿的蛹
退一步，就鹽化成羅特的愛妻
跨出去的身子拗不過猥瑣的腦袋
進一步，躊躇如何下腳
精神和文字是人類調和不了的世仇
它們分開又結合，幾千年間
結合又分開……

詩人得成為最好的裁縫師
不覬覦皇帝盛宴
不做金幣的朋友
狠心剪裁
活出神的模樣
——「難道這雙手不是我的嗎？」
——「難道雲層之上不總是陽光明媚嗎？」
問問那些素食晚餐
幾時弄髒了臉
幾時看不見總愛擠眉弄眼
的白羊星座

2019年2月25日，於旅次。

夜禱之後

披戴漫天繁星的修士
剛剛吹滅修道院最後一支蠟燭
傾倒在松花江裡的樓群
將彼此視作五彩斑斕的情敵
半圈束髮帶，粉紅色地
憑空懸停在星光隱退的對岸
明天大清早它就化作黏稠的霧靄
從某個側面
直白地誇讚一個時代的繁榮
黑夜盡力遮蔽一切
成雙成對的鴛鴦
和從不怕冷的江魚早就完成沐浴儀式
步道在落寞中安靜下來
在時間的縫隙裡，樹梢寒鴉
和火車鳴笛互懟
而落葉，準備了一夜絮語，數落——
壓在身上的碎紙片和易開罐
希伯來讚美詩編織了夢境
讓文字充滿好奇
標點符號真情流露

2019年3月7日，於吉林修道院。

搖醒了葡萄酒

在不可逆的時間裡面
磨礪我的青鋒寶劍，節奏慢
有時慢得令我著急。想寫得再深刻點
比如像T. S. 艾略特，至少模仿一下R. S. 湯瑪斯
或者里爾克。每日清晨，
就在要釘十字架那一瞬，最敏捷的速度
把自己換成了麥麵餅和葡萄酒
身為司祭，你承擔了太多祕密
每個人都是一個令人驚顫的宇宙入口
最神聖的人，和那些徘徊在
地獄門口的靈魂，都聲稱聽到了
敲擊天堂的哀歌
遲疑，成了我最近的常態
擔心深海吞沒自己的模樣會不那麼貪婪
活了那麼久，今天，才意識到
每一個文字都有色彩
每一個標點都有溫度
在黑暗中，兩位修道生抓住了
古典時期基督徒的靈魂
黑洞，從遠古
專程送來的渦波
搖醒沉睡的葡萄酒
下週的今天

我們慶祝，耶穌
準備已久的晚餐

2019年4月11日，於京南修道院。

在棕櫚枝的行列裡面

一隻小毛驢
懵懵懂懂就來到君王面前
未開過的刃、未耕過的軛沉浸在
橄欖樹嫩枝的汁液裡面
風送來了含鹽的水分子
遊行隊伍消失在牆角拐彎處
唱聖歌的人們
簇新而安靜的人們
在送葬的行列裡面
而春天特意送來了孩子
淘氣地揮舞
——棕櫚枝

神父在說謎語嗎
——「我們」釘死了耶穌

配上血紅色祭服的「受難始末」
雙手合十的戰士
同樣安靜地站在英雄凱旋而歸的行列裡面
羔羊將血肆意塗抹在他們臉上
升騰起來像是火苗
好讓過門不入的天使
帶走憂傷和所有黴菌

加耳瓦略山頂上
從來沒有人種出過遮風避雨的無花果樹
只能從聖墓大殿的石窟裡面，我們
仰望那穿越千古的切膚之痛
而果實，此刻還在路上
有人殷切期望
風吹倒自己
黃沙掩蓋自己
掙著搶著要對耶穌之死負責
耶穌執意前行
小毛驢在山下撒歡

踩著希伯來兒童的舞步
橄欖枝、月桂枝、棕櫚枝纏繞著
嘉獎冠軍的花環
在日漸成熟的我們裡面
仰面朝上
下一輪聖灰星期三的信物在哪兒

2019年4月14日，於京南修道院。

逾越節三日慶典

聖週四

麥粒，它們由四方而來
有的飽滿，有的乾癟
今晚的月亮披上了一層淡紗
一粒麥子，夜晚憂鬱的眼神

跪在羊面前，包紮他們
不名經傳的傷痕。小神父
賺足眼淚，澆灌每一個英雄
遺失已久的種子

也是那年春天的夜晚
耶穌將自己藏進無酵餅裡面
葡萄酒是一面魔鏡，醇澀的

單寧，狂肆一陣之後
才讓你品嘗天堂
有時候，只有苦味

聖週五

牡丹和丁香叢為小蜜蜂準備了花房
它們記得宇宙初興時的模樣

春天相愛，也是相擁死去的季節
開花的樹含蓄地和風打了一個招呼

下午三點鐘，耶穌離開世界，朝聖者
盛開在四月的陽光裡面
蜂在蜂房裡，蜂蠟在那支裝飾一新的蠟燭裡
齋戒，基督徒將自己調成安靜的琴弦

這一週，玫瑰花還沒準備開放
巴黎聖母院給自己開了一個天窗
災情，還在各地遊蕩。而這個世界

在你來之前，就如此存在
「進入」帳篷的聖子，以羔羊的名義
和它相安無事

聖週六

猶太人的這個安息日
耶穌去了哪
瑪利亞的悲傷
撕下揭帖的牆

淒涼又悲慟
祭臺罕有地裸露著
空洞而詭異
婦女們哭溼了好幾卷紙巾

華麗而憂傷的熙雍女子
守候在宇宙中心
不要叫大風將她們之所愛捲走

祭臺是一把開啟天堂的鑰匙
任何裝飾都是虛偽掩飾
鮮花和臺布遮蔽了耶穌憂鬱的眼神

復活節

甚至很多基督徒都不知道
禮儀是一門象徵語言
揭曉謎底的並非遊行隊伍前列那盞燭光
羔羊在蜂蠟、亞麻和櫸木支搭的舞臺上為你獻唱

無數支蠟燭
一個光源中的火
他們宣誓
淚光

世界模糊了
自己才會溼潤
每一個基督徒裡面，都住著

耶穌，他們都是神
開啟宇宙奧祕的基督
只有一個

2019年4月21日，於京南修道院。

窗外

春天的窗外，少女般
張望玫瑰花園裡的雨露
樹梢波光粼粼地要多抓點雨的髮絲
讓春天播種
讓杏兒變黃
盆栽極力扭轉每一條葉脈
找尋光源，就像那個初來的孩子
以新芽的名義
以毛毛蟲的名義
誕生在這個季節的孩子們
身佩白衣，手持火炬
連續八日慶祝光明獲勝的節日
她們是公主
他們是王子

2019年4月27日，於京南修道院。

茶的敘事

普洱茶是我手中的道具
來訪者看見了天堂
天堂在淚簾後面
我們之間隔著婀娜氤氳
某種飄忽無定的東西簇擁彼此
我們無話可說
肉眼無法察覺的力量在滑落
為那些準備疼愛自己的人
——視而不見的自己

更換茶葉的間隙
警覺的日光，偏愛
陰影中執拗的人
起身攻擊？畢竟是孩子
遇上擅長說故事的神父
——「出賣自己，讓你們快樂！」
破涕而笑的孩子抱怨命運
沒有手持寶劍
——頭戴桂冠

在熟普和生普之間轉換
或是洗去金駿眉再沖上肉桂
音階在自己的進程中持續升溫或者降調

精靈般的藍鵲銜來各種顏料罐罐
淺黃色塗滿杏兒圓墩墩的笑臉
絳紫色，作為粉絲把自己
懸掛在玫瑰武士滿身甲冑的頸項上面
天空轉調的這個季節
晨光在空氣中逐漸變得透明而甘甜
如果想暢飲醇釅而通透的老茶頭
需要配上深秋的色卡和各級音域
那棵沉寂了一整個冬天的百年老樹
正在將自己的芽尖輝鍋成為穩重條索
而火爐是英雄的必經之路
遇到水，往往
耐性等上好多年

2019年5月7日，於京南修道院。

幸福是聞到了乳香

聖言令你陶醉
將自己流放在儀式和語言之外
司祭手中的乳香用撥弄松鼠、癒合傷口
的神情將再清晰不過的事物遮蔽起來
驚蟄的雷聲
有時要等好多年
甚至是來生
陽光斜視教堂彩窗
質疑所有的自以為是
織物是香的
空氣是香的
玫瑰花也是香的
我們期待幸福
就成了幸福之人

2019年5月11日，於京南修道院。

帶上種子遠行

你會失去遮風避雨的那把傘
你會習慣期待布穀鳥祈禱
獨自一人在墓園散步的時候
不再需要面具的嘉許
詩歌為你做主，它會靜靜到來

我們得在春天播種
讓藍雀和貓頭鷹可以安心休息
螢火蟲翩翩起舞的時候
阿波羅正在準備明天的燃料
在窗臺上，綠蘿扭著身軀
等著莽撞男神的笑話

正是那片撒了農藥的土地
掙扎著裂開春天
以造物主的名義，以雨絲的名義
我們在荒原上起誓
撒播最細微的籽粒
虔誠的人們在麥堆旁邊舞蹈

魔鬼像巡行各處的獅子
種子舒展天空的力量
尋找那片等待已久的土地

按時澆水，愛心凝視
種子會像司祭一樣撫慰大地
用盡花蕊，唱足每一個音符

當蒲公英裝束妥當
遠行之際
所有鄰居都帶上
儲存過冬的食物依依道別
你不需要犧牲祈禱
和健身的時間去取悅那誰和誰

2019年5月18日，於京南修道院。

今日小滿

造物主只是創造了水和麥粒
你負責播種，磨麵，生火……
火花是火鐮石和艾蒿幸福相遇
擦亮了的上古神話
以愛的名義
再怎麼，也是一個整體
發散餘溫的全麥麵包
在你手裡，熟透的大興西瓜[8]
躺在造物主懷裡撩撥慣常晨起的藍鵲

天主有他的時間表
羊群在哥哥眼裡吃草
弟弟喜歡夜鶯為他歌唱
時間到了
麥粒就熟了
儘管你不曾播種
今天一過
鐮刀和脫粒機開始踅磨
拋頭露面的日子

2019年5月22日，於京南修道院。

---

[8] 大興，位於北京西南方向，此地沙土很適宜種植西瓜。因此，大興沙瓜，享譽京城。「京南修道院」，即作者所服務的「中國天主教神哲學院」，位於大興區黃村鎮西側。

寶圖就在牧杖上

塗抹晚霞的人們
傾空所有祝酒歌
開口前那一秒
整個天空還在牢騷滿腹
拆穿華麗錦囊
我們就自然痊癒了

剛剛下過雨
土地陷入比這更大的憂鬱
一直到昨天
乾旱持續了七個月
種子還在城堡裡酣睡
聽不到布穀鳥唱歌
祭臺裸露出羞怯的目光
不要等到紅海退潮
金燦燦的牧杖用力敲擊
地面就會長出草甸和雲朵般的羊群

2019年5月30日，於春城昆明。

風的方向

行囊裡裝著福音書、聖油盒
和幾件換洗衣服
剛剛關上的那道門裡面
乾淨整潔

我是顧慮萬一其他人進去
會說這是一個沒有儀式感的神父
出門前，找一位神父傾訴——
那些沒有及時為綠蘿準備水和陽光的歉疚

舒適的靈魂，親近
天主用心經營的這一切
多少隻蝴蝶曾經

為這幾片茶葉翩翩起舞？
順著風的方向，信手一抓
就是宇宙密碼

2019年6月9日，聖神降臨節於旅次。

一隻驢的敘事

以肥胖為美的時代，
有的人被扶上神壇，
我們再難癒合的傷口。
那些屈辱，
那些埋藏在身體的記憶⋯⋯
詩歌在不經意間，
給了我們恣意妄為的機會。
只有等到長短句腐爛了，
我們才能重生。

苦難是相對的。
它看你懷揣什麼樣的眼光。
十字架是天父伸展的雙臂，
即便最後一刻，耶穌還在撒嬌：
「厄里、厄里，肋瑪撒巴黑塔尼！」
鐵釘、鮮血，還有莫須有的罪名⋯⋯
家門口迫切的扣門聲，
有人驚恐逃離，或者
掩蓋耳朵，視若未見⋯⋯
血筵，為基督徒提供每日飲品，
玫瑰經將他們編織成美輪美奐的花環。
所有嚮導都有明確目標，
而我們只是被帶往牧場，

照看蝴蝶和小蜂蜜。
夜晚，銀河絮叨它眼中的千秋秘辛。
即便嚮導迷了路，
我們還有白冷之星。
心中有光的人，
眼睛一定澄澈，尤其是漆黑的夜晚。
首次破譯太陽和彩虹情話的是義人諾厄，
正直、善良、順服，
開啟生命之船的一組密碼。
為了你那無謂的孤苦和期待，
祈禱是和耶穌在一起消遣時光。
一盞蠟燭，一支嫋嫋升騰
的芽莊沉香，將疲勞和焦慮化作齏粉，
灑進河裡，重新規劃河道，
更容易登上的綠洲。
嗨！那隻蒙上雙眼的驢子，
指揮我們如何把盛夏麥粒，
變作餐桌上的麵包。

2019年6月20日，基督聖體聖血節於旅次。

第八日的餐桌

瑪利亞和瑪爾大，
一靜一動，一陰一陽，
一位凝神靜聽，另一位
在耶穌的取景框之外。
自此以後，
天堂有了A面和B面。
能言善辯的我們，
編織神話，
治癒各種病癥的游戲。

夢是神奇的先知，
激勵去除羞怯的我們，
與自身和解。
駐足喘息之際，
每一道傷痕就會灼灼發光，
英雄的戰袍，
見證我們日益成熟的慈悲和剛毅。
而布條……
裹不住原本自由自在的靈魂，
在第八日初生的晨曦裡面，
會自動鬆綁。
在麥芒之上，
我們歡喜地聚餐。

2019年7月21日，凌晨。

與燕築巢

在彩雲之南，
我們稱燕子是「我們家的」，
同一屋簷下的我們彼此相愛。
雨燕眼界高，為綿綿白雲
攔來蒼鷹、野鴿、蒲公英種子，
和像鳥一樣的飛行器。

山城小，不擁堵，
祝福了新婚夫婦，
換條街就是送葬隊伍。
嗩吶手、紙花手、抬轎人，和親朋好友，
哭喪的白衣人，
是每一個路人再自然不過的親人。

前一秒的雲，
後一秒的雨。
彩雲之南的天空，
瞬間醉人，詩人說：
最自然的藍，養心
「天主太眷顧你了！」

今天是火把節，
揮舞火炬的孩子們，

要將整個夜晚照亮，
燃盡這世間所有陰霾。
「活生生的人是天主的榮耀！」
影像後面是我們不再憂傷的靈魂。

2019年7月26日，於烏蒙高原。

菲洛美娜的世界

那些葉子閃耀著滿心歡喜的光澤，
不緊不慢地撫弄雲層斑駁灑落的光譜。
雨，不知疲倦地劃撥只有它才聽得懂的小夜曲。
整個清晨就像在我懷裡，剛剛哭夠，
意猶未盡的菲洛美娜。
兩歲的小人兒，
我只懂得她叫喚爸爸、媽媽、大伯、佩奇，
以及乾瞪眼、使勁跺腳的語言。
得半跪地上，才看得清孩童眼中的世界，
而我唯一擔心的是，她一看就會
成人世界所有的動作和表情。
要誰抱，不要誰抱，她全憑直覺，
——每個人都心懷愛意。

2019年7月31日，於旅次。

閾限之門

不知道在多少條道路上，
咀嚼各類顏色的酸甜苦辣。
終究有一天，
你墜入時間預謀在先的某張網。
蟬伸長了翅膀，正在為盛夏喝彩，
忠信的藍雀就這麼看著太陽升起和下降。
頭、手和雙腿嵌入大地，
身前、身後就是伸手不見五指的黑暗。
原本密不透風的牆，
透露星空的奧祕，
史前文明的問候，
細微而堅毅的江河之源。
誰不再掙扎，
誰就不受網路之苦。
你唯一的匱乏，
是和自己說一聲「相見恨晚」。

2019年8月8日，聖道明節，於周座聖母山。

讚美之唇

刷牙是一種虔誠的儀式，
夜晚開啟了伊甸園，
我們在不同星際之間穿行。
唯有口氣清新的人，
才會唱誦取悅神明的讚美詩。
他們的舌頭被先知的碳火觸碰過。
不要輕視唇舌，
美食的舞池，
也會用詛咒和讚美
鋪墊兩條道路，
裁決命運。

開始喜歡自己了！
夕陽在伸探西山的眼界。
與不可逆的時光較勁。
早上八點一刻，
誰也沒有料到，
會有眼下這一切：
錯過遠行的人，
在清理書架、衣櫃和花籽。
讓自己的需要觸手可及。
我不擅長使用形容詞，

副詞也漸行漸遠，
「確幸」有它的命定模式。

2019年9月8日，於京南修道院。

而你

時間是一劑渾身絨刺的金色解藥，
蒲公英的根莖柔軟得像初生嬰兒的小腳丫，
媽媽把這些淚光晶瑩的小可愛，
和弓箭一樣的車票，放在遊子的行囊裡，
無數個太陽是它們撫慰心靈的引子。
靈魂尋找讓自己亢奮的理由，
很多失去重心的尷尬。
而你，終於弄清楚了一個道理，
所有不依賴玫瑰經後面的善良，
往往製造更多不確信。
能看見太陽的時候，天空一定還沒有黑！
樹梢掛滿金色石榴，
而你，打量的世界方式，
有點像狡黠的兔子。
「呂楠」終於在自己的影集上簽了名字，
基督徒的所有共鳴都只是他那康德般的嘲諷。
照片右下角滄桑老練的方塊字，
再怎麼都延伸不到冬日佩戴鏈子的人們。
他們在微醺中演奏讚歌，耀眼的桂冠
在荷馬倨傲的筆端閃爍了兩千八百年。
有些人在42℃琥珀色液體裡探尋生命起源。
而此時，叢林中的晚會快開始了，
青蛙王子和聖誕老人也來了。

而你，溢於言表的喜悅推擠出，
老練而不被信任的魚尾紋。
巡視天際的鷹，一直在睥睨我們，
詮釋空間的草率態度。
那些被遺忘的人，只有高聳入雲的鋼絲網，
時時刻刻惦記著他們。即便如此，
他們也在努力構建取悅自己的天堂，
在黑白照片裡，那些只有後腦勺的人們，
嘶喊得如此豪邁：「誰更有資格解釋幸福？」
有好幾次，一天換了三次衣服，
我設法偽裝自己。
凌晨三點，叫醒我的始終是一場噩夢。
正在興頭上召開演唱會的蚊子家族，
古老的物種，一定要等到深秋，
才開始向著某個固定方向遷徙，
慶祝地球上每一個冬天的來臨。
而你，今年開始牽掛它們的宿命。
祈禱是將自己放入造物主巡視萬物的斗篷。
抵達丈量萬物的駁座，
你還要求自己該是什麼？

2019年9－10日，於京南修道院。

一棵樹的自然法則

風拉長深秋的牙齒，
夏日再尖銳的葉脈也在瞬間成熟。
霜降，北京的天空很乾淨。
檸檬樹在我們眼皮底下興沖沖地搬家。
纖韌的竹掃把，一年一次的機會
毫不顧惜土地貧瘠而含羞的哀求。
本性畢露的葉片，這時候
路人任由自己跌進單色調的世界……
樹枝搖晃著嗶嗶作響的關節，
不依不饒地要抓住每一個剝離自己的孩子。
我們在樹下拍照留影，運氣好的時候
一粒漲紅臉的星塵靜靜地落在頭髮上。
樹與樹忙著攀比園藝師精心打理的髮型，
藍天重新歸還大地。
每一年的明天，基督徒隆重慶祝
祖先們佩戴桂冠的日子。

2019年10月31日，於京南修道院。

回家

舞蹈中的布匹，

喚醒鴿子刺破藍天的雄心壯志。

只有到了冬天，

人們才開始咀嚼生活，

浸透生活顏色的表情。

說好了要來的春天，還在遙遠的路上。

柔韌的琴弦數算這個季節僅有的獎牌，

陽光中舞蹈的銀杏果實

在墜落：「只是旅行數日，

就可以回家！」

北方的室內外溫差很大，我想

像長頸鹿那樣將脖子伸向18℃的家鄉。

不知名的小果子，紅撲撲地站在樹梢張望，

果核熟睡得像童貞聖母懷中的聖嬰，

刺，列兵一樣警覺，

針對風，

針對世俗的眼光，

只有不穿棉襖的小麻雀，

才有比午間太陽還溫情的神情。

這一刻，萬物總會微微一顫。

瑪利亞說，奶奶幸福地閉上了眼睛。

時候到了，神父說，

「每一粒麥子都要在光明中延年益壽！」

2019年11月19日，於京南修道院。

第九隻羊

第九隻羊剛剛離開，像風，點燃
黑色禮帽下面苦苦掙扎的火苗。
今天，聖誕樹點燈的日子。基督徒
用一生的德行搭建致贈耶穌的馬槽。

聖嬰的白冷祕密、漿果和報喜鳥，
在匝凱枝繁葉茂的野桑樹裡面，恣意盛開。
灰鴿子和鷹隼是樹伸向天空的手臂。
順著樹冠，其他的羊在星空裡撥弄草場。

「冥想死亡！」哲學家不會用別人的過錯
懲罰自己。畫筆、葡萄藤和蜻蜓的眼睛，
在為詩人築巢。順著帽簷的方向

一直走下去，就是寶藏。
雪花和懷舊的人們跳起了貼面舞，
精靈墜落的聲音……

2019年12月3日，於京南修道院。

我們慶祝和平的誕生

送給耶穌的禮物，是這些外出務工者
一整年精心構築的生活。
雪花結晶掛在平安夜的睫毛上，
一直化不開。第一次沒有童聲合唱。

聽完「懺悔」，我整個人都不好了。
光進入黑暗，種子埋藏在褐土裡面。
密密麻麻的疤痕連著觸碰不得的結癤⋯⋯
撕開已經癒合的傷口，他們要求我撒把鹽

鹽，從耶穌疼得發紫的傷口汩汩冒出。
柔弱的光線，費力穿透黑壓壓
的雲層。金牙耀眼的百夫長將十字架
懸掛在長矛頂端。慶祝

和平的誕生。一條看不到盡頭的河在蔓延。
——「把無神論者扔進獅圈！」基督徒，
皇帝眼中的帝國敵人。
到底是誰阻礙了文明進程？成為基督徒，

我別無選擇。活過83歲的爺爺坐過牢，
還遊街示眾！現在也沒弄明白為什麼要在子夜

授洗8日嬰兒。沒有司祭臨在的祭獻
這首詩不用句號結尾

2019年，平安夜。

白冷之星

過了聖誕節，就像皺巴巴的初生嬰兒
太陽用盡吃奶的氣力
向著美的每一個方向伸展稚嫩骨胳
氣溫越來越低
修士們開始準備清唱*Te Deum*[9]
象徵「納齊爾願」[10]的修士袍，和
頭腦清醒的記號筆在計較今年的成績

風，勸退一夜塵霾。所有星辰
在帝都上空完全盛開
唯獨尋不見淡藍色的六角星
耶穌，被基督徒誕生於世。因愛之名

明天，我們要給納匝肋的瑪利亞授予榮冕
在桂冠上，每一個人都摘取令自己滿意的分數

---

[9] *Te Deum*，拉丁文〈天主，我們讚美禰〉，這是一首相當古老的聖詩，傳說於387年由聖盎博羅削（St. Ambrose）所創作。如今，每逢四旬期以外的主日、節日、慶日的日課「誦讀」中，聖體降福禮或特殊慶典之際，尤其是在每年12月31日「天主之母節第一晚禱」結束的時候，全體參與禮儀者要向天主獻唱此一「盎博羅削聖詩」。

[10] 典出聖經《戶籍紀》第六章，意謂「獻身於天主的人」。神學生身上穿有黑袍，追根溯源的一種說法即是追溯至《戶籍紀》中的「納齊爾願」，表明他們是獻身於天主的人。

至於今晚，銀河和群星作證，魔法棒
會從峨嵋月的嘴角墜落

2019年12月31日，於京南修道院。

光在黑暗中

一座沒有教堂的城市是任由靈魂漂泊
的島嶼。竊賊和娼妓找不到神父懺悔，
病毒只好憑藉空氣放蕩。
雙手合十的麥田守望者，吟誦正午鐘聲。

教堂不能證明「神真實存在」。
有像神一樣活著的人，
在你心裡，
和你擦肩而過。

穿越彩窗的光，報喜天使漂洗
靈魂，賽過任何一幅
巴羅克油畫中的聖母瑪利亞

聖龕隱藏起創世以來的所有祕密，通過鹽分，耶穌
辨別汗水與淚水。「光在黑暗中照耀」，黝黑
的土地釋放馬鈴薯、玫瑰花和翩翩起舞的蝴蝶姐妹。

2020年1月3日，於京南修道院。

雲雀的選擇

小蜜蜂想像自己在陶醉的玫瑰、丁香
和蜂巢之間編織婚床。
晨光像神父舉著的聖杯，
見證殘雪和憨厚的泥土如何相愛。
祈禱的人和神並肩而立，
像神那樣生活。
誰阻止自己為明天憂慮，
他就是我們中間的神。
而命運，是人類想像出來的怪獸，
根本不存在的神祇，
享受著神一樣的禮遇。
雲雀選擇了今天，
在眾人的天堂裡飛翔。

2020年1月10日，於京南修道院。

不尋常的星期五

拆除中的教堂，
是命殞腹中的頭胎寶貝，
抱著發育不全的殘軀，
我們四處為她找尋容身之所。
子民呀，
還是形色匆匆，
還在橫穿馬路。
很多人壓根就沒有意識，
這個城市始終就有一群敲鐘人。

祝聖剛滿3年半的藏族神父，
帶著我們眼裡再簡單不過的行囊和
澄澈的眼睛去了天堂。
一粒死去的麥子，在「朋友圈」裡
燃燒無數顆原本就耀眼的星星。
為遠行的人唱歌吧！
這是我們僅存的慰籍。

2020年1月17日，於春城昆明。

鼠年新春

大地枕著雪花酣睡，燕子在築巢
菲洛美娜哭啼凜冽清晨。
眼瞼一張一合，
創造這瞬間存在又消逝的彩雲之南。

冰箱裡的食材依舊發黴，
動物們在庚子年熬出了頭緒。
祈禱、齋戒、悔改和禁足
胃開始消化「懺悔」的滋味。
空寂的中國武漢，
老鼠、獾和蚯蚓不再嚎叫。
空氣和食物爭取到了「取潔禮」的權利。
心靈潔淨的人是微弱的白冷之星。

撤離的500萬人，去了哪裡
繼續獵殺，還是——
尋找十字架下面的庇蔭？
蝙蝠用巨大野心驅策黑夜的翅膀，
人們在謠言和恐懼中紛紛墜落
過不多久，
就從平庸中解脫。

「尼尼微人」[11]撕裂衣服，頭上撒灰……

藏民乾淨的眼睛
嬰兒清脆的啼哭
——黑夜奔逃。

2020年1月27日，於烏蒙高原。

[11] 舊約《約納書》中說，天主揀選約納充任先知，前往尼尼微大城，告誡那裡陷於罪惡中的人們悔改。聽到資訊之後，君王和十二萬「分不清自己左右手的人」及牲畜不吃不喝，身披苦衣，坐在灰中。因著轉向天主、離棄邪惡，恢復正義，天主遂免除了他們的應受之災。新約《瑪竇福音》第12章，耶穌引述尼尼微人的獲救事件，來警示自己時代中的人需要聽從他的天國福音，而悔改皈依。

從我們這裡恢復秩序

造物主原本賦予我們一副完整的形軀，
由愛包裹的心靈。
在路上，走丟了眼睛，有的人
失去一條腿或者心肝。
正義和黑騎士並肩而行，
詭異的病毒為人類敲響警鐘。

流奶流蜜的迦南許地，
始終沒有遭遇流行的霧霾。
從我們這裡，
恢復「你的」原本秩序。
讓耶路撒冷不再流淚，
讓諸城停止埋怨。

當「那一日」從天降臨，
失去的愛人，隨風飄散的蒲公英
和預期的彩虹，重返大地。

2020年1月31日，於烏蒙高原。

聖詠一一九

「我在此生，
不過異鄉為客，
你的誡命，
是我朝聖路上的詩歌。」
除夕前夜，我主持一場葬禮。
第一次用拉丁文護送返鄉者。
天使的樂隊，
拭去所有人的眼淚。
墓旁種下青松、雲朵
和永生的希望。

一場突如其來的新型肺炎，
劫掠了遠道而來的送葬隊伍，
終日禁足，戴上口罩的親戚朋友
以心相見！
我媽突然冒出一句：
——「去慣了，
教堂也不讓進。唉！」
一週的第一天
在自己家中參與彌撒，她想著
堂區教友們如何著落。

明天，還有一場葬禮，
——該不該佩戴口罩主持禮儀？
——隔離數日再回家相聚？

2020年2月2日，獻主節於烏蒙高原。

哀歌

攀到晚霞頂端，眼睛明亮皎潔。
剛剛過去的冬天，為自己覆上塑膠大棚，
西伯利亞飛來的海鷗找不見往年的落腳之處。
就像淒惶的「人子」。
簽了字，按上手印，
血一旦凝固，
風向就開始吹亂，
被捆綁起來的人，
再也接不住荷馬遞過來的鵝管筆，
書寫自己的命運。
「吹哨人」就像手持牧杖的舊約先知，
羊聽從自己笛聲的召喚。
按節奏起舞的還有蝴蝶、燕子
和城郊小毛驢。
鴿子在水面上尋找重生的嫩枝。
初春的風竭力吹開寶寶沉重的眼瞼。
胃不認真考慮究竟吃下什麼，
只是災難的開端。
同樣在下滑的山頂時光，
不像山腳那麼快。
而災難是第一道閃電，
響雷在樹冠上端恣意妄為，
尋找可供吞噬的獵物。

先知從不踏進流奶流蜜的許地，
站在高處，
勾銷我們慣於說謊和迷信權力的罪債。
都急剎車了，
你還要加速前行，
雪花自燃起來，
那可如何是好？
這個春天，疏枝剪裁
留出大量藍天。
我們在樹下晾曬太陽！
身旁——
辣黑耳痛哭子女的哀歌。
祈禱吧！
像先知那樣，
不消費任何人紓解哀慟。

2020年2月7日，於烏蒙高原。

賽程

大片⋯⋯大片的雲朵和正月十六的月亮賽跑
野兔、家貓和蟋蟀安眠在第八時區某根琴弦上
一群狗吠著另一群
有些人恐懼夜晚降臨
那時，並非你看不見滿天星斗
時候沒到而已
我唯一想像不到的是，
星星墜落的春節長什麼模樣

2020年2月12月，露德聖母紀念日於烏蒙高原。

麥芒之上的舞蹈

半夜醒來，更容易看清許多事情。
到一定年紀，
在你寵愛中離開的人，
會回來敘舊。

前天傍晚，祈禱結束的時候，
濛濛細雨洗刷西牆。
兩千多年後，不同方向的旅程，
拽著以兄弟相稱的彼此在苦難中相認。

基督徒從懺悔中捕獲乳酪和桂冠。
拉比開示，正義與感恩
在達味心中升起，

瘟疫就此消散[12]。就一部聖經，
中國人，你如何閱讀？
麥芒之上，有人在舞蹈。

2020年2月18日，清晨於烏蒙高原。

---

[12] 當地時間2020年2月16日，近千名以色列猶太人冒雨前往耶路撒冷「西牆」，為全球抗擊新冠肺炎疫情奉獻祈禱。希伯來文和中文條幅寫道：「猶太人民為中國的平安和戰勝困難而禱告。」發起人艾裡雅胡（Shmuel Eliyahu）拉比在此前的13日表示：「以色列人民有著一種傳統的認知，一個祝福會帶來另一個祝福。在聖經撒母耳記廿四章中寫道，當以色列全國發生疫情時，大衛王教導我們感謝和祝福每一個我們從上帝那裡得到的恩典，如此，耶和華垂聽國民所求的，瘟疫在以色列人中就止住了。我們從大衛王那裡得到的恩典，我們也想轉贈給中國人民。」（資訊及直接引文綜合引述自相關互聯網）

這一季的恩寵遲遲不肯降臨

燈光太過耀眼，
我這渾濁的視力，離銀河日漸遙遠。
重臨大地這幾日的春風，
第一次變成箴言。
「驚蟄」還有兩天，從除夕夜開始
春雷陸陸續續送來三場雪。
怎麼看，雷聲都像老練的先知。
燕子掠過矯健的身形，
樹枝的指尖剝開指縫寬的一季睡夢。
桃花落在今年的梨花後面，
我這身體裡面始終盛開著玫瑰和玉簪。
這一次，鴿子銜來的不再是橄欖枝，
神父們為今年的聖油無處可施犯愁。

耀眼的布匹遮住萬物的羞怯，
各自逐漸恢復和雪花一道產生的記憶。
玫瑰木吉他反覆演奏那首曲子，
臨近大海深處，差點斷了槳。
每個少年都有一幅祕不示人的藏寶圖，
銀幣、繪本、孔雀羽毛在城堡裡灼灼生輝。
修補漁網的漁夫，始終沒有抬頭。
那個掙脫舊夢的人，正在走過來……
象徵謊言的鹽柱瞬間化作甘泉。

讓我們彼此相愛吧！
看不見光的人，
路障才是他們撬動地球的支點。
這一季的恩寵遲遲不肯降臨，
我們低頭哀傷巴比倫的陷落，
小枇杷們興奮地擠滿了嫩黃枝頭。
當你邁上為期14天的旅途，
永不相遇的白天和黑夜，
交織成為視界之外僅存的光陰。

2020年3月3日，初稿烏蒙高原；3月18日晨定稿於京南修道院。

春分

時間伸長味蕾的臂膀，
全燔祭的第一柱香煙是禿鷹沉默不語的殿宇。
羔羊在原野撒歡，哪一隻是預揀的呢？
武漢女作家聲嘶力竭地施展救贖。
越陷越深的夜，星星們紛紛墜落，
快過107層了。
聚餐的日子越來越渺茫，
錯過「晚餐」的人，再也沒有從黑暗中回來。
風和雨按著時令的節奏揮舞旗語，
疫情挺身而出，制訂新的遊戲規則。
不要責怪臉頰乾癟的母親們，
年輕的時候，有人擊落8個太陽。
蚊子在書上嘲諷那些只顧低頭聚寶的人，
青埂峰[13]下面，最後那個稻草人
始終斡旋不出彼此滿意的答案……
從不熄火的機器撇著嘴角繼續史詩般的寒假。
拌勻的香菜、黃瓜、小蔥擁有各自的12道風景，
僅存的昆蟲在披風皺褶裡面瑟瑟發抖
撫著同儕遺體，哀悼青春。
多少次，我驅策午夜劍鋒

[13] 青埂峰，典出《紅樓夢》，女媧手裡的最後一塊石頭棄置於青埂峰之下，無材補天，遂幻形入世；寶玉在世間煉淨情根之後，隨空空道長返回青埂峰下。

激戰同一夥敵人。英雄返程時，
羔羊在十字架上端吟哦永不失落的口訣。
油菜花蕩暈了沱江河，老余說
盛裝的蝴蝶、小蜜蜂和杜鵑城[14]隔江相望。

2020年3月21日，於京南修道院。

[14] 杜甫《杜鵑行》首闕開篇：「古時杜宇稱望帝，魂作杜鵑何微細。」杜鵑城，即今郫縣，四川天主教神哲學院（紅光修道院）所在地，詩人在那裡服務了九年。發源於川西北九頂山南麓、綿竹市斷岩頭大黑灣的沱江河，流經金堂縣、郫縣等境內，由瀘州市匯入長江。

站在光中的瑪利亞

巡狩黑白琴鍵是蒲公英家族的使命，
傍晚，火焰墜落得像鳳凰在飛翔。
稻草人留戀去年的秋天，
裁剪春天的風讓它無所適從。
時間是從深淵返回的倖存者，
沉默是時間唯一為人類提供的答案。
未經淬火的剪刀還在摸索髮流的去向，
那扇被遺忘的窗戶，
硬梆梆地敲打乾癟的晴空。
晚霞中散步的那三個人
告訴我們吧，世界毀滅的日子。
好多人把命運交托給14個白天和黑夜，
調色板用櫻花、光線和柳絮編織曠野中的壁毯。
而精心打扮過的天堂鳥和迷你錦鯉，
安靜地躺在第21層樓，
它們熬過了冬天，
長眠在庚子年的春光裡。
空無一人的廣場上，
右腿微瘸的白袍老人在雨中踽踽前行。
20億雙眼睛呢，什麼也做不了！
罹患絕症的瑪利亞，
生平第一次站在聖週的光明當中。
旗幟懸停在最顯眼的位置上，

宣稱自己是無神論的那幾個人，
噙著淚花，悄悄拆除一具乾枯的支架。
疫情篩選出來的人們，
要裁剪什麼樣的窗花呢？

2020年4月8日，聖週三於京南修道院。

花蕊在悄悄隱退

多少有點像三世紀的埃及隱士，
花蕊在沙地上悄悄盤算，
交出色澤，
交出芬芳。
小蜜蜂舉起青澀拳頭，
為了不讓盛夏中的樹梢感到羞怯。
樹冠就快失控了，帶土味的風撕碎
雍容華貴的盛世容顏。
攤開庚子年的帳本，
塑膠袋、美團外賣和效益編織的謊言，
我們都是最無恥的同謀。

不知是哪一位心急如焚的天使，
傾倒天堂裡的調色板，
蜜香和嫩芽從我們貧瘠的身體裡面冒出。
這場疫情中的玫瑰經，
把我切割成時間的切片，
許多從沒見過的碎片是雨後雲間投下的光。
舊日的懈怠和傲慢在刑架上，
互懟著同樣古老的遊戲規則和權力意志。
那時，編織苦衣，
頭上撒灰的猶太選民，
阻止了人類童年的滅頂之災！

不是這樣嗎，

我主，

你還給我多少時間？

2020年4月，於京南修道院。

新冠元年

從書頁中騰出時間的翅膀，
將我們黏連在一起，
彷彿死亡從未發生過。
這個世界是一面沒有邊界的牆。
被老鼠驚嚇的地球變得不安分起來，
用眼淚，用抖顫的身體，盛夏飛雪
到處哭述不幸的自己。
冰雹不再按照套路出牌。

驅散雁群的熱戀，
某類人確切的樂趣。
一場淼淼洪水過去，
沒有裸露出悔過自新的石頭，
浸泡過水的發動機漂到全國各地。
我們都是依靠慣性生活的人，
不會對所有天災人禍心存芥蒂。
假如真有外星人，他們會倍感驚奇
人，為什麼不善待家園？

一位基督徒接受引導，
導引氣息，貫通全身。
氣息是她唯一可以支配的自己。
每一個腫塊，封存一段非凡記憶。

在某一個結節上，
閃耀著天堂裡陽光明媚的媽媽。
與張牙舞爪的人們和解，
神色匆匆塞進黑屋的東西
失去這一刻重心的所有粉飾。
一切堅強只是一種表相，
倒灌進去，無影無蹤的淚水。

神學院的學生依舊盼望返校通知。
新冠元年，推導出來的
日出模樣，有意義嗎？

2020年6月9日，於京南修道院。

花瓣間淌過的時光

這一次，太陽委託雨點傳遞資訊。
黑白色系典故。360°全景，詩人找尋自己，
調色板在春天種下果核，
不再辛辣的句子。
樹林與屋簷達成和解，
交織著陰影的陽光，
藍雀敏捷如故。我只是一個「觀己者」。
蟬安撫潤月後的「夏至」，由遠而近的馬蹄聲，
急於脫離母校，神學生手捧梔子花
滯留在帝都的藍天裡。誰也沒法想像，
三週後，少年黃瓜的味道。

人的腦袋是多維宇宙疊加的時空之門，
一邊冥想，
一邊極度克制的善行。
手指，玫瑰花瓣間淌過時光，
演算世間的步數。
疫情反反覆覆的這六個月，我們找到
與自己和平相處的模式。
星際之間，永常的道德法庭，
不分白晝的守護者，和誰辯解？
我們終將失去咀嚼迷迭香

和深棕色巧克力的勇氣，無論是在懊惱中，
或者嘴角上揚交付的身體。

2020年6月25日，端午節於京南修道院。

有誰瞧見散步的造物主

只在預定時刻，那道門縫纔收受麥粒，
即便數秒，鐘擺懸停的房間，
綠蘿、書，和血壓計井然有序。
以脈輪的名義，
以水、風，和天使長的名義，
以神的名義，
期待盛產的七月。
雪白的羔羊，奮力除免——
草甸埋藏在深黛葉脈裡面的憂傷，
晚霞，白天和夜晚調停片刻的印象派。
墜入湛藍眼瞳，點蒼山在搖晃的波光中反反覆覆地拔高，
從孩童到成年，太陽的山脈漸行漸遠。
一群又一群迷途的孩子，
從母親胸懷遷入翠竹精心編織的搖籃。
蚊帳庇護著我們的溼熱盛夏，
穿越彩虹的哨鴿與互不相讓的蟬，聽任
星際間來去自如的騎士，搖晃夜的魔法棒。
一個嚴重缺乏自信和想像力的時代，
倉位，與時間賽跑的旅程。
最後一站，註定是啟航在即密閉的船。
有誰還在仰仗第三隻手臂的救贖？
不紅，也不黑的小圓餅，見證海螺
久遠的深海號音，摧毀中更新萬物的風。

琴鍵鼓動風箱，驅之不散隱喻的詭計。
淚花是成人們不斷重生的晶瑩洗禮。
一場接一場的告別禮，
我們會在哪一站與自己相遇？
不解憂傷的風笛，後天的後天，
演奏晚宴的「友誼地久天長」？
茶葉析出靈魂，啜飲
墜入愛河者靈犀相通的祕密。
瘟疫、地震和暴風雪連袂光顧之後
倖存的人，「未完成過去時」的功課。
裂開堆砌文字的間隙，
花楹之間，誰瞧見造物主在晚風中散步？

2020年7年18日，於京南修道院

片刻集

之一（五章）

一片落葉，喚醒
盛夏的果實
瞬間，千年古跡
隱入暴風雨深黛色的憂鬱
星巴克擠滿刷屏的人們
咖啡豆的褐色眼睛
頗有教養地打量著這一切
只有一個人在輕音樂裡舒緩
他們的五顏六色

自從地鐵在城市腹中穿行
時間彼端就不再有人搖槳而來
謙恭的低頭一族，合謀
一個安靜的世界
情侶，面對面
在手機上交流
時間是個囉嗦的傢伙
一個孩子重複著同樣的動作
低頭族群的爸爸反覆撥開稚嫩的小手

旅程結束。只剩下
風光，沒有疲憊
一棵樹，彙集
創世以來的力量
看著我
年輪是某種隱晦的語言
關於我們之間的對視
不知道該說些什麼
樹，一直在表白
向上伸展，沒有疲憊
安撫我的喘息

聽不懂鳥語的人類
所有的風景壓扁在手機裡
穿越鏡頭
滿懷愛意的媽媽
找尋孩子的清澈明亮
一隻蟬和一些蟬
吹口哨比賽
海拔1800米的樹枝

死亡般的夜在懵懂跋涉
冷、熱汗和泰山日出的遐想

還有貧乏，彷彿世界前夜的那場混沌
有人放棄攀登，將自己
保留在人為的光明裡
在黑暗中逆行的人，參與
那一瞬
淩晨5：12
《創世紀》中的世界起源
萬物
驟然明亮
驚奇而遲鈍地打量著世界
唯有沉寂宛如紅日的人類，虔誠地
將天地合體的景致綁定在手機裡
商業社會的消費模式
略去朝陽由小變大的體積，和
由弱變強的溫度
和初生的太陽玩自拍，有人
已經開始刷屏

2017年8月，於湖南張家界、山東泰山。

之二（二章）

下午三點
窗簾略去了陽光的存在
睜著眼睛睡覺
床頭燈直勾勾地盯著
一絲線，牽著兩面牆

汽車在馬路上
按響喇叭
打破了
星期天的好夢

2018年1月7日，主顯節於紅光修道院。

之三（十章）

一隻鳥
掄了一下指揮棒
另一隻，探頭探腦地
尋找樂曲在天空的蹤影

兩位修女
準備主日彌撒的無酵餅
笑聲一落，取景框中
就少了一位

一隻狗
不知在吠誰，惶恐中
有人在躲避文字的追逐

神父念成聖體聖血經文
輔祭小童對著耶穌
扮了一個鬼臉

教友們跪著念經
吟誦百年音調
一束光
專注地照亮牆上的耶穌聖心

聖母瑪利亞臉上的光
毫無預警地
占據我的世界

24℃的陽光
電動車將它降至10℃
彌撒後，切割
我的指尖和老爸的耳廓

白色水鳥在岸上踱步
一條小魚貪圖人間秀色
藍天即刻散發漣漪般的靈感

人吃魚
貓蹲在地上
細嚼慢嚥魚骨頭

菲洛美娜逢人就笑
捧著她
天堂的模樣

2018年1月28日，於雲南會澤。

之四（四章）

大山含著太陽做夢去了
黑夜蒙起時間的眼睛

*Lógos*鑿開一個洞，慰藉
所有生靈

寫詩時，我憎惡詩歌
像產婦痛恨當初認識男人
三天後
又被帥哥迷住了

墮入每一個片刻挖掘的
深坑……
夢境在裁剪詩歌

對著聖龕看耶穌
時間和語言知趣地雙雙走開
空間消失了
身體成了聖龕

2018年1月31日，於烏蒙高原。

之五（十章）

再不平的地面
都平了，由於水

再直的線條
就不直了

湖水將遙不可及的山翻了一整個個
纏著你扮鬼臉

冬天留下了水草，夕陽
肆意塗抹深秋顏料。黑頸鶴
巡視牠的魚兒們，像趾高氣揚的將軍

鄰居家吹響了嗩吶
爸爸說你不用去憑弔
「小女孩沒有你離家的時間高」
我想去說一句「塔里塔，古木！」[15]

一片雲
從南山頂上冒出
不知是誰擰了它一把

---

[15] 新約《馬爾谷福音》五章41節，耶穌拉著剛剛嚥氣的十二歲女孩的手說：「塔里塔，古木！」（「女孩子，我命令妳起來！」）她就起來行走。

呼吸高原空氣
藍天怎麼也抑制不住
內心狂喜

四面環山的壩子中央
突兀起24層高的醫學建築
像協和廣場的方尖碑
投影是意籍傳教士的靈魂

六年級的輔祭小童
掄起煙花，夜晚
就再難莊重

教友們誦唱玫瑰經
彌撒後延。有人說
先有母親，後有兒子

「除夕前日，守大小齋！」
神父宣布了
祭臺四周很安靜

2018年2月11日，於露德顯現160週年之際。

之六（十三章）

和我在一起
他們飯菜添香，也有優雅的人
寬厚容忍我占據他們的視線

女人傍著男人的右腕
右腕舉著購物袋
男人只容許午後太陽看見自己的臉

收假前日返回省城
公路航母上
少了幾片銀白色的馬賽克

一踩油門
近處的樹和遠處的山峰即刻投入賽程
我是裁判員

兩個初中生模樣的小姑娘滿眼憧憬
熱烘烘的大巴上
她們的媽媽略顯憂傷

春節假日一過
小城鎮裡的孩子和老人
安靜地盼著下一個春節
年輕神父陪伴他們數算太陽的身影

地鐵還在美夢中
昆明南站的滴滴車費
跳得比去機場還高

「得勝橋」的豆花米線
比昨天多了8元。量還少
「高鐵連鎖店」這個高帽子戴得名符其實

我說：媽，下學期放假再見了
媽媽似乎沒有聽清
我不知道哪裡對不住她了

時間被壓縮成兩張照片
將上次的合影和現在的自拍疊合一處
對比出刀耕火種的遺跡
好多小夥伴都不在了

第一次乘火車坐了54小時，同一條線
25年後只跑了1043分鐘。除了始發站外
沿途天空灰濛濛的

四個年輕人將高鐵座位旋轉成包間
一刻鐘不到，我就知道他們每一位的
學業、稟賦，以及情感狀況

弟弟、妹妹和我將世界當作母親
前後數年走出同一子宮，我們
在母親懷裡相遇

2018年2月25日，於旅次。

之七（四章）

公開宣布關閉手機三天
七個小時後他就直播避靜現場
時時刻刻憂心基督徒靈性的修道人

弄丟靈魂的巨獸
大風刮走了
頂頭十字架

清晨六點零三分
調勻了呼吸，他們
端坐在十字架下面
一盞微弱的燈

善用自己的長處
穿越某一個角落。貳妞說
光的後面還是光呀

2018年2月28日，於京南修道院。

之八（三章）

大清早的鬧鐘，祝福
額頭、心胸、左肩、右肩
和雙手。天使問候瑪利亞的時辰
請耶穌哥哥陪伴著
切片這一日
再沒工夫摸手機了

一夜春風，吹走
十字架的面紗
它在教堂頂上

清了一聲嗓子
樹梢上的芽苞眉開眼笑
小黃杏的果味四處飄散

17：27的夕陽
最大努力地討好萬物
拉長它們在人間的影子
為了
撫摸樓下這通臥石
這刻溫情
比語言智慧

2018年3月15日，於京南修道院。

之九（十二章）

晒過被子的夜晚
聞到了太陽的味道
沒有小時候那麼純

終於知道鼻炎是啥玩意兒
二十年前的北京深秋
只有蜂窩煤球的煙塵味

踩到滿地落葉
清脆
又有色彩
今天的天空會很喜慶

弟弟們的孩子
二十年後
會在哪裡「發微信」給我呢

改完學生的作業
開了一瓶威士忌
核桃笑開了腦花
深夜是心跳的聲音

買了三斤核桃
為了那副夾子
今天，又買了三斤

晚餐後，爸爸給我電話
第三天才聽到他的聲音
我正要撥過去

在「朋友圈」發個「雙手合十」
的手勢，立即轉身
幹手裡的活

——「神父，就這樣！」
當年說這話的修女在哪裡呢
妳話沒完

那個神父很稀奇
用麵餅
掰出了耶穌

小修院的合影裡
有人在天堂注視我的——
傷痕

哥哥瞪大了眼睛
在教堂頂端找尋十字架
晚上，換成月亮妹妹

2018年10月22日，於京南修道院。

之十（三章）

一對夫妻
帶著他們的「蟲蟲」
來看一面嘉靖年間的石鼓
二十年前
不同方向的旅程
在這面石鼓裡面
他們
對過眼

藍天站在白雲上端
欣賞自己在瀾滄江裡悠閒的樣子
柏拉圖在這裡
看到了理念世界

藏民們跪在阿旺面前
請這位不久前成為神父的帥哥
摸摸他們的腦袋

2019年1月26日，於旅次。

之十一（三章）

瀾滄江是一步登天的梯子
零零散散的燈光
和山頂星星連成一片
而江水
則把民居裝扮為一艘巨輪
裡面住著能歌善舞的藏民

喝了「夏拉」之後
藏民們一整夜都在星光下歌唱跳舞
鍋莊和鏇子
揮舞他們的節日

靜臥在瀾滄江邊上，看著
康巴漢子和卓瑪們在這雪域高原來來去去
茨中教堂像一隻藏獒
保持著百年老照裡的姿勢
死一般靜謐的墓碑
盛產玫瑰蜜、赤霞珠的葡萄園
每年驚蟄之際的春雨一聲招呼

法蘭西傳教士的靈魂順著遒勁的葡萄根冒出來向朝聖者傾述百年間的風風雨雨

2019年1月27日，於雲南迪慶茨中教堂。

之十二（三章）

滿頭橘色的樹
和冬天的黛色山谷
鳥兒在樹上慶祝張燈結綵的節日
柿子熟爛了
一半是肉軀，在地上
一半是靈魂，在枝頭

彌撒後
齊刷刷地跪在教堂門口
藏民們
等待著神父的祝福
一個延續百年的儀式

每一個星期天上午
高亢的讚美詩陪伴著他們

百年前的曲調
我聽到了

2019年1月28日，於茨中教堂。

之十三（六章）

三位操滇西口音的婦女，
隔著火車座位評論誰誰誰沒素質，
不時冒出幾個和生殖器官有關的詞彙。

從北到南，自東而西，三天內，
兩次路途；一個月前搶票時，
我支付了好幾個加速包。
一人享用兩個高鐵座位。

很多乘客既不再吃「康師傅」，
也不問津高鐵速食。
早上，福州的姐姐[16]用水果刀，
在「皇帝柑」頭部畫了一個秀氣圓圈。
到了中午，柑橘果然更加汁多味甜。

[16] 在福建，天主教徒稱呼那些獨身守貞，服務教會的女性為「姐姐」。

我要晚上八點半才能到達。
岳神父說他們等著我，
餓一餓，更健康。
我們有一個學期沒有見面了。

還有一刻鐘才到站，乘客們
騰空了座位和行李架。
車廂裡安靜得就像在教堂默禱。

地鐵1號線的終點，「環城南路站」
也是2號線的起點；天主子降生成人，
有人搭上「成為神」的捷運。

2020年1月15日，於春城昆明。

語言文學類　PA0109　秀詩人77

第九隻羊剛剛離開

作　　者／西　雍
責任編輯／姚芳慈
圖文排版／周妤靜
封面設計／蔡瑋筠

發 行 人／宋政坤
法律顧問／毛國樑　律師
出版發行／秀威資訊科技股份有限公司
114台北市內湖區瑞光路76巷65號1樓
電話：+886-2-2796-3638　傳真：+886-2-2796-1377
http://www.showwe.com.tw
劃撥帳號／19563868　戶名：秀威資訊科技股份有限公司
讀者服務信箱：service@showwe.com.tw
展售門市／國家書店（松江門市）
104台北市中山區松江路209號1樓
電話：+886-2-2518-0207　傳真：+886-2-2518-0778
網路訂購／秀威網路書店：https://store.showwe.tw
國家網路書店：https://www.govbooks.com.tw

2020年10月　BOD一版
定價：320元

國家圖書館出版品預行編目

第九隻羊剛剛離開 / 西雍著. -- 一版. -- 臺北市
: 秀威資訊科技, 2020.10
面； 公分. -- (秀詩人 ; 77)
BOD版
ISBN 978-986-326-840-6(平裝)

851.487 109011699

讀者回函卡

感謝您購買本書，為提升服務品質，請填妥以下資料，將讀者回函卡直接寄回或傳真本公司，收到您的寶貴意見後，我們會收藏記錄及檢討，謝謝！
如您需要了解本公司最新出版書目、購書優惠或企劃活動，歡迎您上網查詢或下載相關資料：http:// www.showwe.com.tw

您購買的書名：______________________________

出生日期：________年________月________日

學歷：□高中（含）以下　□大專　□研究所（含）以上

職業：□製造業　□金融業　□資訊業　□軍警　□傳播業　□自由業
　　　□服務業　□公務員　□教職　□學生　□家管　□其它____

購書地點：□網路書店　□實體書店　□書展　□郵購　□贈閱　□其他

您從何得知本書的消息？

□網路書店　□實體書店　□網路搜尋　□電子報　□書訊　□雜誌
□傳播媒體　□親友推薦　□網站推薦　□部落格　□其他________

您對本書的評價：（請填代號　1.非常滿意　2.滿意　3.尚可　4.再改進）

封面設計____　版面編排____　內容____　文／譯筆____　價格____

讀完書後您覺得：

□很有收穫　□有收穫　□收穫不多　□沒收穫

對我們的建議：______________________________

____

____

____

請貼
郵票

11466
台北市內湖區瑞光路 76 巷 65 號 1 樓
秀威資訊科技股份有限公司 收
BOD 數位出版事業部

....

（請沿線對折寄回，謝謝！）

姓　名：＿＿＿＿＿＿＿＿　年齡：＿＿＿＿　性別：□女　□男

郵遞區號：□□□□□

地　址：＿＿＿＿＿＿＿＿＿＿＿＿＿＿＿＿＿＿＿＿

聯絡電話：(日) ＿＿＿＿＿＿＿＿＿＿ (夜) ＿＿＿＿＿＿＿＿＿＿

E-mail：＿＿＿＿＿＿＿＿＿＿＿＿＿＿＿＿＿＿＿＿